君が好きなのさ 4

谷崎泉

CHARADE BUNKO
二見シャレード文庫

目次

CONTENTS

イラスト――こおはらしおみ

君が好きなのさVII

扉が叩かれる時

「つぐみ。つぐみ…」

誰かに呼ばれている。優しく名前を呼ぶ声は聞き慣れた低い声だ。ゆっくりと目を開けると、目の前に浅井《あさい》の顔があった。

「起きろ」

浅井の言葉は届いているんだけど、いまいち意識が戻ってこなくて、開いた瞳の焦点を浅井に合わせたままじっと見ていると、顔を大きな掌《てのひら》で摑《つか》まれる。

「つぐみ。目、真っ赤」

そう言って、眦《まなじり》に軽く口づけてくる浅井は、よく見れば俺に馬乗りになっていた。ん？　ベッドに潜り込んだ時に、すでに寝ていた浅井はいつもながらに上半身裸で寝てたんだけど、今、上にいる浅井は服を着ている。

「…今、何時？」

「八時過ぎ」

目が赤いわけだ。寝たのは五時過ぎ。全然寝てないや。

それにしても、寝てるのを途中で浅井が起こすのは珍しい。頼んでおいた時なんかは別だけど、健康のためとか言って、浅井が途中で起こすことはないのに。

頼んだ覚えはないし、何か用でもあったっけ？　とぼうっとした頭で考えていると、浅井が調子に乗って顔中に口づけているのが気になった。

「浅井さん。やめ…」

「つぐみ、可愛《かわい》いからさ」

「なにアホなコト…。もう、寝かせてよ」

そんなバカらしいコトのために、せっかくの睡眠時間を邪魔されたかと思うと、ちょっとむっとして、俺は頬《ほお》をすり寄せてくる浅井の頭を追いやった。だが、浅井はむっとしてる俺の顔を、はっとした顔で覗《のぞ》き込んでくる。

「ダメだ。起きろ」

「なんだよお…」

うー…と唸《うな》りながら、眠たさに布団《ふとん》に潜り込んだ俺に、上から声が。

「机が来る」

あ。そうだった。

俺はばっと布団から顔を出すと、浅井を追いやって起き上がった。上から退《ど》いて横にいる浅井に、起こしてもらったにも拘《かか》わらず文句を言ってしまう。

「早く言ってよ」

「言おうと思ったんだけど、つぐみの起きたての顔も無防備でいいなあって…」

「バカ！」

本当はお礼を言わなきゃいけないんだろうけど、こんなんで言えるわけもない。俺は浅井を置いてさっさとベッドから降りると、クローゼットの方に歩いていって、その前に置いてある予備の椅子《いす》にかけてあったジーパンを手に取って穿《は》いた。Tシャツの上にスウェットシャツを被《かぶ》って、服から顔を出すと、浅井がベッドから降りて側《そば》まで来ていた。

「つぐみ。大丈夫か？　寝てないだろ」

「うん。でも大丈夫」

心配げな顔の浅井に少し微笑《ほほえ》んで寝室を出た。居間にはいつものようにダニエルさんが椅子に腰かけて紅茶のカップを手にしていらっしゃった。最初は起きたてにダニエルさんの微笑みに出会うと、あまりの濃さに辟易《へきえき》していたが、人間慣れるものである。

「おはようございます」

「おはよう。つぐみ。目が赤いよ。顔を洗ってきたら？」

言われて、頭を掻《か》きながら風呂《ふろ》場に行った。洗面所の鏡を覗き込んだら、なるほど、白目が真っ赤に充血している。顔を洗って、居間に戻ると目薬を差した。

俺は視力はよくって、両方とも1・5。トラブルもないんだけど、やっぱ、すごく目を酷使する仕事だし、寝ないと充血してしまうのが難点かな。

「何時に来るんだっけ？」

「九時って話なんですよ」

観月《みづき》くんが味噌《みそ》汁を出しながら答えてくれる。そうなんだ。今日は机を頼んだ事務用品メーカーさんが来てくれることになっている。

　本当は原稿に入る前に来てもらおうと思っていたのだが、向こうの都合で今日になってしまい、入稿明けに…とも思ったんだけど、ずるずるしてしまいそうで頼んでしまった。早くに来てもらった方が観月くんにもいいしね。

　箸《はし》を手に取って「いただきます」と挨拶《あいさつ》してご飯をいただく。俺と浅井、観月くんは和食だが、ダニエルさんの前には彼の持ち込みである白い洋食器に洋食メニュウが盛りつけられている。オムレツにサラダにトースト。わざわざ観月くんがダニエルさんのために作っているんだけど、ご苦労様だよなあ。

「前から思ってたんだけどさ。和食か洋食か、どっちかに統一したら？　大変じゃない？」

　何気なく提案したら、茶碗を持ったまま浅井がジロリと目を上げる。

「じゃ、和食だな」

「私は洋食でいい」

　きっぱりと言いきった浅井に、向かいに座っているダニエルさんが言い返す。俄《にわか》な緊張を感じて俺は自分が言い出したコトを後悔…したけど遅かった。

「お前が折れればいいんだろ？　観月が大変なの、わかんねえのか？」

「観月、迷惑かい？」

「俺は別にいいですよ」

「観月。甘やかすんじゃねえ。大体、こいつは居候なんだから」

「朝から毎日和食っていうのは私にはヘヴィなんだ。特に赤出汁《あかだし》は」

「赤出汁ダメですか？」

　ダニエルさんに聞く観月くんを、お椀《わん》を持って味噌汁をすすりながら見上げた。この家の味噌汁主導権を握っているのは俺だ。最初、浅井と同居するようになって、浅井は白味噌で味噌汁を作っていたんだけど、白味噌の味噌汁が飲めない俺はそれを変えてもらったのだ。基本的に外国人の浅井はともかく、京都生まれである観月くんは、本当はいやなのかもしれないけど意見を聞いたことはなかった。

「観月くんも白味噌なんだよねえ」

　関西の方は白味噌が主流のはず。東京に出てきて、意外と赤出汁が多いのには驚いたんだけど、やっぱり地元のものと味が違う。米味噌か豆味噌かの違いみたいだけど。特に、八丁味噌なんてごく一部しか使ってない味噌だしさ。

「俺の家は田舎《いなか》味噌だったし、俺自身はなんでも飲めますから」

「でも、やっぱ、赤出汁って濃いんじゃ…」

「つぐみがいいってもんを食えばいいんだよ。な、観月」

「そうです。そうです」

「でも、やはり、私は…」

「てめえの意見なんざ聞いてねえ！」

　それから、またダニエルさんと浅井の言い合いが始まってしまった。コミュニケーションだと思うようにはしてるけど、これこそ俺にとってはヘヴィだよな。味噌ごときで…とは思うけど、二人とも真剣なんだもん。

俺と観月くんは横目で言い合いする二人を見ながらご飯を食べていた。浅井とダニエルさんの間に入る…なんてことはしなくなった俺たち。決定的に喧嘩《けんか》するなんてコトにならないのはわかってるし、二人とも言い合いを始めると途中から英語になっちゃうから、ほっとくしかないんだよ、実際のトコ。

大声の英語で締めくくった浅井の言葉に(大声にも慣れつつある俺)、ダニエルさんが溜《た》め息をついて、「とにかく…」と切り出したのは、ご飯を食べ終えた俺に観月くんがお茶を注いでくれる頃だった。

「とにかく、つぐみの嗜好《しこう》をとやかく言うつもりはないし、赤出汁だって結構なものだと思う。誰だって育った地方の味が一番美味《おい》しく感じるものだ」

「当たり前だ」

「私はただ、こんなふうにいろんな人間がいるんだから、食べ物だっていろいろ…」

「いろいろ食べたいならよそに行け」

「浅井さん。俺が作るコトですし」

困り顔で言いながら観月くんが俺を見てきたので、騒ぎの張本人でもあるし、解決の一言を考えた。浅井を黙らせるには…。

「浅井さん、それより机屋さん来るからさ、仕事部屋掃除しなきゃ。手伝って」

「え？　もうそんな時間か？」

俺の言葉に浅井は時計を見ると、言い合いしてて全然食べていなかったご飯を急いでかき込む。「掃除」の一言で浅井の頭からはダニエルさんへの文句は消えたらしく、ダニエルさんもそれ以上言うつもりはないようで、観月くんに冷めてしまった紅茶を取り替えてもらっていた。世話のかかる人たちだよな。

しかし。なんか最近、浅井の扱いがうまくなった気がするな。俺。

机の業者さんが来たのは九時を過ぎた頃だった。ご飯を終えて、ダニエルさんはどこかに出かけてしまい、観月くんに後片づけを頼んで、浅井と二人で仕事部屋に机が入るようなスペースを作っていると電話が鳴った。出れば配送の人で、下からかけているらしく、買った時に言っておいたんだけど、エレヴェーターなしで四階という状況に、「本当にエレヴェーターないんですか？」という確認の電話。ないものはないので、そう答えると、配送の人は諦《あきら》めたように電話を切った。

しばらくして、三人がかりで机を部品ごとに運んできてくれた。二往復して全部を運び終わり、中で組み立ててもらった。観月くんが使うものなので本人に選んでもらったのだが、事務机のL型というのは別注らしくて時間がかかってしまったのだ。トーンを置いたり、資料を置いたりするのでL型の方が便利らしい。

よく行く駅前の文房具屋さんで、カタログを見て選んだんだけど、俺は今使ってる机で不自由していないので、買わなかった。その代わりと言ってはなんだけど、観月くんの提案で、トーンをしまう棚を買った。朝食の後片づけが終わって観月くんが仕事部屋に入ってきた時に、ちょうどその棚を配送の人が下から運んできてくれて、観月くんは「これで整頓《せいとん》できる」と喜びを新たにしていた。

トーンって品番ゴトに分かれているので、俺みたいに重ねてぐちゃぐちゃに置いてると、非常に使いにくい。観月くんがトーン貼りを担当してくれている今、彼にとっては死活問題なのだった。

配送の人が帰って、念願の机と椅子で観月くんは仕事を開始してくれた。まったく、今まで申し訳なかったけど、これで少しは職場環境が改善されたかな？

「後はFAXとコピーですね」

「うん。コピーはともかく、FAXは電器屋に行くだけで買ってこれるからね」

世の中、便利だし、簡単なんだよなあ。本人のヤル気さえあれば、なんだってできるはずなんだけど…。机を入れただけで満足してたらマズイな。

それでも、俺が最初に浅井にこの部屋を貸してもらった時に比べたら、部屋の様子は全然変わった。物置みたいになっていたけど、仕事を辞《や》めて以来、掃除マニアになっている浅井によって、積まれていた段ボールは片づけられ、謎《なぞ》の民芸品や絵、彫刻なんかは、浅井が観月くんと近所の輸入家具屋で見つけてきた棚に片づけられた。いい加減に置かれていたソファベッドもちゃんと隅に置かれたし、入り口付近だけを見れば、事務所のよう。

なんだか、大袈裟《おおげさ》かもしれないけど、ここに来てからの歴史が詰まってる部屋だなあ。

「でもさ、浅井さんの言うこと気にしないで、観月くんさえよかったら、ダニエルさんに今まで通りご飯作ってあげてね」

仕事をしつつ、思い出したように観月くんに言った。朝の一件。浅井はあんなふうに言ってたけど本気で怒ってるわけではないと思うし、観月くんがやってくれてるんだから、浅井に迷惑がかかってるわけでもないし。

「はい。ありがとうございます」

すでにダニエルさんのお付きになってしまっている観月くんはありがたそうな目を俺に向ける。しかし、ダニエルさんも人の使い方うまいっていうか…。

「ダニエルさん、いつまでいるんだろうねえ」

ポツリと呟《つぶや》いたのは正直な気持ち。最初来た時は「追い出す！」と息巻いていた浅井も、結局、行動に移さないまま、彼が突然やってきてからもう三週間近くが経《た》つ。まあ、間にひばりが来たりしてたせいもあるが。

「ご迷惑ですか？」

「そういうわけじゃないけど、仕事とか大丈夫なのかな…って。ダニエルさん、浅井さんみたいに無職ってわけじゃないはずだろ？　無職ってのも困るけどさ」

ダニエルさんが迷惑か…と聞かれれば、首を傾《かし》げるしかないのは事実だった。存在自体が鬱陶《うっとう》しい、なんて浅井みたいな憎まれ口を叩《たた》かなければ、別に彼がいてなんの支障もない。

確かに何ひとつしないし、ご飯に文句つけたり、お茶を入れろだの注文は多いが、それ以上の我儘《わがまま》は言わないから。

仕事の邪魔をするわけでもなく、一番最初に来た時みたいに、敵意剝《む》き出しで突っかかってくるわけでもないので、ダニエルさんがいても困らない。ひばりが来た時には、妙に気が合う二人に、ダニエルさんがいてよかった…なんて、少しだけ思ってしまったし。

「お仕事は日本でなさってるみたいですよ」

俺の心配に答えた観月くんの言葉に、原稿用紙に向けていた顔を上げた。

ダニエルさんは毎日出かけていく。やってきた当初はずっと家にいたのだけど、一週間もしないうちに出かけるようになり、昼間だけだったのが、最近では朝から夜遅くまで出かけている。浅井は「支社で仕事でもしてんだろ」と言っていたけど、マジでそうなんだろうか。

「ダニエルさんの仕事って…。前に社長さんとか言ってたよね」

「らしいですね」

「はあ。なんか想像もつかないよね」

大体が存在自体が最初から想像もつかない人だったしな（金髪の超美形外国人なんてさ）。違う世界から来た人だもん。

なんて、思ってた俺が、ダニエルさんの生活を覗いてしまったのは、それからすぐ後のコトだった。

原稿が終わった翌日、午後からソファで本を読んでいた俺は、いつもながらの雷のような電話のベルの音で目を覚ました。起きてから、自分がいつの間にか寝てしまっていたのだと気づく。上にかけられていた綿毛布は浅井か観月くんがかけてくれたんだろうか。

その二人の姿はなく、電話は鳴り響いている。「はいはい」と電話に返事をしながら、居間を小走りに横切ってテーブルの下にあった電話の受話器を持ち上げると、聞こえてきたのは吉田《よしだ》さんの声だった。

『加納《かのう》くん？　昨日はありがとう。実はさ、例の増刊の話。年明け一発目にどうかなって話になってね。その打ち合わせに行きたいんだけど』

「あー…そうですか。じゃあ、俺がそっちに行ってもいいですか？　本とか買い物もしたいし」

俺の提案に吉田さんは一も二もなく頷《うなず》いてくれて、一時間後に編集部への訪問を約束して電話を切った。受話器を置いてから誰もいない居間とキッチンを改めて見わたし、浅井と観月くんは買い物に出たのだろうと推測をつけた。

出かけるために、シャツ一枚だった俺は上に羽織るピーコートを寝室のクローゼットに取りにいった。先日、ひばりが送ってくれたものである。中学から着てるので、くたびれかけているけど、寒さを凌《しの》ぐには十分だ。ホントは新しい服とかも買いにいきたいんだけど、ずっと部屋の中での仕事をしているせいか、あまり構わなくなってるのは事実。こうして、絵に描いたようなマンガ家になっていくのかなあ。

なんて、消極的に考えて寝室を出ると、居間のテーブルの上で浅井への伝言メモを書いた。浅井宛というより、観月くん経由浅井宛。簡単な日本語は読めるらしいけど、読もうという努力をしないので、観月くんがいたらいつも読んでもらってるみたいだし。

打ち合わせに出かけます…と、行き先を出版社と書いて、ペンを置いた時だった。廊下からの扉がすっと開いて、顔を上げると入ってくるダニエルさんと目が合った。

「つぐみ。一人か？　観月は？」

「買い物にいったみたいです。浅井さんと」

昼寝してたから行き先はわからないんですけど…なんてつけ加えて、メモが飛ばないように本で重石《おもし》をして立ち上がった。側に寄ってきたダニエルさんがその内容を読んで尋ねてくる（ダニエルさんは完璧に読み書きできるのだ）。

「出かけるのか？」

「はい。打ち合わせで」

「じゃ、近くまで送っていこう」

ダニエルさんの台詞《せりふ》に、へ…と口を開けて彼を見上げると、すでに入ってきた扉の方向に向かって歩いていっている。俺は慌てて荷物を持ってダニエルさんの後を追いかけた。

「ダニエルさん？」

「私も出かけるところだ。下に車が待っているからついでだろう」

よく見れば、ダニエルさんはきちっとしたスーツ姿。いつもきちんとした格好をしているダニエルさんではあるけど、会社に（なのかどうか真実は知らないけど）出る時は一分の隙《すき》もないスーツ姿なんだ。

だけど、俺はダニエルさんと一緒にお出かけなんて冗談でもしたくなくて、さっさと歩いていってしまうダニエルさんの後ろ姿に呼びかける。

「ダニエルさん。俺、一人で行きますし。いいですから」

「気を遣わなくてもいい」

そういうんじゃないってば。だって、ダニエルさんの待たせてる車って…。あれじゃん？　いつもの大仰なあれでしょ？　俺、あんなの乗るのいやだよ。

根っからの一般庶民な俺である。ダニエルさんのお金持ちな暮らしには到底ついていけないってわかってるから、焦って彼に言うんだけど、いつもながらのどこ吹く風でダニエルさんは玄関から出ていってしまった。俺は内心で苛《いら》つきを覚えてしまいながら（だって、皆人の意見を聞かなすぎる！）、履いていたサンダルを靴に替えて、玄関を飛び出てダニエルさんの後を追った。

「ダニエルさん。本当にいいですから」

「吉田の社はどこだったか。神保町《じんぼうちょう》か」

「俺、地下鉄で…」

まったく俺の言葉を耳に入れてくれないダニエルさんに、階段を降りつつ、追っていきながら言うんだけど、全然聞いてもらえないうちに一階に着いてしまった。目の前で一階の扉を開けるダニエルさんの向こう、ビルの前に停《と》まっている黒光りした車が目に入って、俺はひっ…と顔が固まるのを感じる。

「つぐみ。乗りなさい」

ダニエルさんは当然の顔をして、振り返って俺に指示をしてくる。しかし、決して頷けない俺は後ずさりしちゃうんですけど。

恭しく車のドアを開けてくれているのは運転手さん。お辞儀なんかしてくれてたりして。ぶわっと冷や汗が流れるのを感じて、その場を逃げ出したくなった。どうして、こんな展開に？　ああ、浅井がいたら送ってくれたのにな。いや、それもそれでいやかな。いや、これよりはいいよ。

「本当に、お気持ちだけで」

ひきつり笑いを浮かべて駅の方向へ目を走らせた俺に、ダニエルさんが少し眉《まゆ》をひそめて俺に近寄り腕を掴んできた。

「私と一緒はいやなのか？」

「いえ…そんな…」

はっきりとは言えず、曖昧《あいまい》に笑ってしまう典型的日本人の俺。本当の気持ちはいやなのだ。こんな車で出版社に乗りつけるなんて、また悪名が流れちゃうよ（ただでさえ、一部の人には変だと思われてると思うんだ）。

そんな小市民的な心を理解してくれるはずもない、金髪の方は俺の曖昧な笑いにつけ込むように笑いを返して、「じゃ、いいね？」と確認すると、その優しげな笑顔とはうって変わった強い力で俺を車に乗せた。

ダニエルさんとお出かけ？　こんな日が来てしまおうとは。

吉田さんに来てもらうんだった…と、深い溜め息をついたのは言うまでもない。

なんていうか、浅井と知り合ってから、一生縁がないだろうと思っていた事柄が目白押しなこの頃。こんな高級車に自分が乗ってるのも、信じられない、信じたくない出来事のひとつだ。

車種とかはよくわからないけど、とにかく高級な雰囲気の革張りのシートに、固まった身体《からだ》で腰かけて、肩にかけていたデイパックを握りしめるように膝《ひざ》の上に置いた。俺の後から車に乗り込み運転手さんにドアを閉めてもらったダニエルさんは、小さくなってる俺とは対照的に堂々とシートに凭《もた》れかかった。まあ、自分の車なんだから当たり前なんだけど。

最後に乗り込んだ運転手さんが静かに車を発進させる。ダニエルさんは彼に「神保町の正《せい》鵠《こく》社まで行ってくれ」と俺の行く先を告げた。やはり、社まで送ってくれるつもりの彼に、「近くの駅でいいですから」と告げる元気はもうなかった。だって、どうせ無視される上に、なぜなんだ攻撃が待ってるもんな。

ダニエルさんにわからないように小さく溜め息をついて、とりあえずといった感じで俺はダニエルさんがいつもどこに出かけているのか聞いてみた。

「六本木《ろっぽんぎ》の支社にね。いろいろと雑用で」

やっぱりそうなのか。浅井が言ってたのは本当だったんだ。頷く俺の横でダニエルさんは後部座席に置かれていたアタッシェケースを開けると、書類の束を取り出す。チラリと見えたのはすべて英語の書類。分厚いそれをパラパラと捲《めく》りながらチェックしていく。

「すまない、つぐみ。着くまでに見ておかないといけない書類でね」

「あ、いいです。気にしないでください」

ダニエルさんに構われても困るので、俺は愛想笑いを浮かべて返事を返した。静かな車内でダニエルさんが書類を捲る音だけが聞こえる。運転手さんは中年の日本人だったんだけど、恐ろしく無口というか、それが仕事なのか、一言も話さなかった。俺は出版社の玄関先に乗りつけられた時のコトを想像して、誰も知り合いが玄関付近にいませんように…と祈っていた。

その時。車内に電子音が鳴り響いた。携帯電話の呼び出し音。音の方向を見ればダニエルさんで、彼は表情の消えた顔つきで、上着の内ポケットから折り畳み式の携帯電話を取り出した。

もちろんだけど英語で応対するダニエルさんは、早口の英語というせいもあるのか、なんだか違う人に見えてしまう。いや、最初から違う世界の人だってわかってるし、彼の仕事も聞き及んでいるけど、実際俺が目にしているダニエルさんはうちでご飯を食べて文句を言って、浅井と口喧嘩ばかりしている彼だから、本当の彼の姿を見ていなかったんだ。

高級車の車内で携帯電話を手に、少し難しい顔をしながら早口で話す姿は、ダニエルさんにすごく似合っている。これが本来のダニエルさんなんだな…と思ったんだけど、同時になぜか小さな違和感もあった。

少しして、ダニエルさんは電話の通話ボタンを切って閉じると、一度腕時計を見てから横の俺に視線をよこした。

「つぐみ。すまないが少しつき合ってくれないか」

「え？」

「急な用件でどうしてもすぐに社の方に行かなくてはいけなくなった。そっちに行ってから出版社の方に行こう」

えーと。ダニエルさんの台詞を頭で繰り返す。だって、ダニエルさんは送ってくれるだけだから、別に一緒じゃなくても…。

「ダニエルさん、お急ぎなら俺一人で行けますし、ここで降ろしてもらえれば…」

「つぐみを一人で行かせるわけにはいかないよ。青士《せいじ》に怒られてしまう」

「そんなん、仕事なんですから浅井さんだって…」

いや、第一、皆俺のことをどう思っているんだろ。とりあえずかもしんないけど、成人式だって済んだ大人なんだよ？　どこだって一人で行ける。

「すぐだから。なんなら吉田には私から連絡しよう」

「いえ、それは…」

「なら、いいね」

なぜ、こうも強引なのか。そして、なぜにそんな人ばかり?

結局、何ひとつ聞き入れてもらえないままにダニエルさんは勝手に運転手さんに指示を出して、出版社を後回しにして六本木に車は進んでいったのだった。


六本木。地名はもちろん知っているけど、来たコトあったっけ? と考えて、一生懸命思い出した結果、大学一年の時にやった交通量調査のバイトが六本木だったのを思い出した。それも、ずっと同じところに一日座っていただけなので、どこに何があるかなんて当然のごとく、まったく知らない。

そんな俺の目の前、そびえ立ってるのはピカピカの超高層ビル。立派なエントランスに横づけされた車から降りると、冷や汗が流れるなんてモンじゃないくらいの光景が広がっていた。

広々としたロビイがガラス越しに見える。行き交う大勢の人々。背の高い観葉植物。いくつも飾ってある、百号を越してそうな絵画。入り口の自動ドアがざっと見ただけで三つほどもある、豪華なビル。

これがダニエルさんの勤め先？……っていうか、ここで本当に社長をしてるのだろうか。見わたした俺の目に、エントランスの中央にあった社名がはめ込まれた台のようなオブジェが映った。それには「United Hill co. ltd」と記されていたけど、それが有名な会社なのかどうかはわからない。

そして、もっと焦ったのは、ダニエルさんにお辞儀をして迎えに出ている秘書らしきお姉さん方が数人いたコトだ。それが俺にまで丁寧にお辞儀をしてくれる。俺なんて関係ない人間だって、格好見たらすぐにわかりそうなのにも拘わらず。

自分の格好も冷や汗の原因のひとつだった。皆が皆、きちっとしたスーツを着ている中、ジーパンにシャツに、くたびれかけたピーコートを羽織って、デイパックを持っているなんて俺だけ。実際、まだ学生なんだからしょうがないと自分に言い聞かせるけど、それにしても場違いという言葉が身に染みて、消えたくなってしまう。

「つぐみ？　こっちだ」

歩きかけたダニエルさんが、動けないで固まっている俺に振り返って言ってくる。俺はダニエルさんにひきつった笑いを返した。

「ダ…ダニエルさん。俺、こっからタクシーかなんかで行きますから…」

入り口でこんな状態なのだ。中に入ったらどうなるか。想像しただけで胃が痛くなるってものである。

そんな俺の小市民的な心をダニエルさんがわかってくれるはずもなく。完全に逃げの体勢に入っていた俺に、ダニエルさんは綺麗《きれい》な形の眉を片方だけ上げて、一番近くにいた秘書の人に告げた。

「案内してきてくれ。私は急いでいるので先に行っている」

ダニエルさんはそう言い残すと、カッカッと小気味いい音を響かせてビルの中へと入っていってしまった。その後ろ姿にほっとする間もなく、はっと気づいた時には秘書のお姉さんたちが背後を固めるように、俺の後ろに回り込んできていた。

「あ…の」

「こちらです。どうぞ」

にっこり笑われて、先を促されても従えるわけもない。

「すみません。俺、用事が…」

「どうぞ。社長がお待ちです」

「でも…」

「お願いします。社長に私たちが叱《しか》られますわ」

ストレートな強引さもいやだけど、こういう強引さも困ったもので。俺がこういうのを断りきれないってわかってて、ダニエルさんは秘書に後を任せて行ってしまったのだ。悔しいけど、事実そう。俺は結局、眉間《みけん》に皺《しわ》を作りながらも、俯《うつむ》き加減でビル内に入って、秘書の人たちに促されるまま、エレヴェーターに乗っていた。

社長室は上にあるものと決まっている。悩んでしまうほどたくさんある階数パネルから、秘書が最上階に近い階数ボタンを押すと、エレヴェーターのドアは静かに閉まった。箱には俺とダニエルさんを迎えに出ていた三人の秘書しか乗っていない。運転手さんと同じく、そういう指示がなされているのか、まったく無駄口を叩かない秘書で、機械音しかしない静けさの中、エレヴェーターは高速で上がっていった。

チン…と音がして、目的階に着いたのだと気づく。静かにドアが開いて、勧められるままに降りると、静けさの漂うフロアが広がっていた。

「こちらです」

言われて、ここまで来ては何を言っても一緒だなあ…と、俺はおとなしく従ってついていった。とにかくダニエルさんの用事が終わるのを待とう。一緒に行くと言い張ってるんだからそうしなきゃ仕方ない。俺の意見を聞いてくれるとはとても思えないから。

一番奥のドアを開けてもらって中に入ると、広い部屋に机が並んでいて、同じような秘書の人なのだろう、座って仕事をしていたお姉さんが二人、立ち上がってお辞儀をしてくれた。それに恐縮しながら前を行く人について、次に開けられたドアを入ると、さっきよりも広い部屋…倍以上はある部屋に、ダニエルさんはいた。

部屋の奥、大きなガラス窓をバックに、いかにも社長って感じの机と椅子に囲まれて、ダニエルさんは受話器を肩に挟んでパソコンの画面を眺めていた。早口の英語が静かな室内に流れている。腰かけたダニエルさんの横には、見てきた秘書の中でも一番デキそうな女の人が書類を持って立っていた。

「こちらでお待ちください」

ぼうっとダニエルさんを遠目で見ていると、下から一緒に来た秘書の人がソファに座るように勧めてくれた。俺はそれに礼を言って、ダニエルさんの机とちょうど反対側にあるソファに腰かけた。違う秘書の人がすぐさまお茶を運んできてくれて、それに頭を下げていると、ダニエルさんの話し声が途切れて、俺に話しかける。

「つぐみ。すまないが、もう少し待ってくれ」

そう言うと、ダニエルさんは俺の意見も聞かずに横で待っていた秘書の人と仕事の話を始めてしまう。俺は諦めの溜め息をついて、お茶を一口飲んでソファに凭れかかった。

部屋の内部を見渡してから、ダニエルさんの次々と仕事をこなしていく姿を横目で見ていると、当たり前なんだけど、浅井の家で見るダニエルさんとはやっぱり全然違う姿だな…と思う。いかにも仕事のできる様子は、ダニエルさんにぴったり合うし、彼があの若さでこんな大きな会社の社長をしているのにも納得がいくってものだ。

社長をやっていると初めて聞いた時、あまりにかけ離れた話に、現実味を持てなかったけれど、ダニエルさんの言葉は嘘《うそ》じゃないんだろうなとは思っていた。浅井も肯定していたし、第一に、ダニエルさんに他《ほか》に当てはまるような職業が思いつかなかったのもあるけど。

やっぱり、車の中でも思ったような小さな違和感は拭《ぬぐ》えなかった。それは、浅井の家でのダニエルさんと、この社長室でのダニエルさんがあまりにも違うからだった。

基本的にはこういう人だってわかってたし、俺みたいな庶民には雲の上の人だってわかっていたけど、俺が浅井の家で見ているダニエルさんは、もっと人間くさい彼だから。

誰しも多面性はあると思うし、仕事とプライヴェートは別だってわかるけど、それにしても気になったのは、ここにいるダニエルさんがその外見も伴って、機械仕掛けの人間のように見えてしまったんだ。でも、やっぱり本当の彼はこっちなんだろうか。

と、考えてから、「本当の?」って疑問が湧《わ》いた。本当って、一体どっちが本当なんだろう。

目の前で、この高いビルの社長室で秘書に厳しい顔で指示を出しているダニエルさんと、浅井の家で赤出汁が飲めないと文句を言ってるダニエルさん。同じ人なのに、まったく相似点が見つけられないような…。

深く考え込んでいると、ドアがノックされて、別の秘書が部屋に入ってくる。あまり大きくない声で、会話は聞き取れないが、ダニエルさんに何言か告げると指示を仰ぐような顔をしている。

ダニエルさんは彼女の言葉を聞いて、なぜか俺の方を見た。一瞬、目が合って、たじろいでしまう。たまたま目が合ったというふうではなくて、わざわざ視線をよこした感じで、どうしてダニエルさんが俺を見るのか想像もできない。

目が合ったまま戸惑《とまど》っていると、ダニエルさんは視線を外して、机上の電話の受話器を持ち上げた。そのまま英語で話す彼を見ながら、俺はどうして見られたのかさっぱりわからずに首を捻《ひね》った。だって、秘書の人が告げにくる電話なんて仕事関係しかないだろうし、ダニエルさんの仕事になんの関係もない俺を見る必要はないと思うんだけど…。

しばらく受話器を握って話をしていたダニエルさんの顔は、傍目《はため》で見ていても難しそうな顔だった。そんなに大変な話なのかな…と思っていると、話が終わったらしく、受話器を元に戻して俺の方を向く。

「つぐみ。すまないが、少し待っててくれるか？　どうしても会わなくてはいけない人間が来ててね」

「あ、なら、俺は…」

「三十分ほどで戻る」

ちょっと～…と言わせてもらえるはずもなく、ダニエルさんは秘書を従えてさっさと部屋を出ていってしまった。もう、俺は溜め息なんてもんじゃなく、ソファにどさっと凭れてしまう。時計を見れば、吉田さんと約束した時間は過ぎてしまっていた。

「すみませんが、電話を貸してもらえませんか？」

遅れるという電話を入れておこうと、残っていた秘書の人に頼んで電話を借りた。コードレスフォンから覚えている出版社の番号をかける。

取り次いで代わってもらった吉田さんは、俺がダニエルさんの会社にいると言うと、咄嗟《とっさ》に状況が飲み込めないみたいで、不思議そうな声をあげる。

『ダニエルさんって…確か、社長さんとか観月くんに聞いたコトがあるけど』

「そうみたいです。なんか忙しそうで、俺一人で行くって言ってるんですけど、納得してくれなくて…。今席を外してしまったので、勝手に出ていくのも…」

『俺がそっち行こうか？　六本木だっけ？』

吉田さんの提案に、少し考えて、近くまで来てもらえばビルから降りるだけなんだし、ダニエルさんも文句は言えないだろうと推測して、俺は頷いた。

「すいません。最初から家の方に来てもらったらよかったんですが」

『いいよ。たまには変わったトコで会うのもいいかもしれない。じゃ、近くまで行ったら電話するから…』

そう言う吉田さんに、秘書にここの電話番号を聞いて伝えた。代表から回してもらってください…という秘書の返事に、さすがに大きな会社なんだなと、感心してしまう。

電話を切って、ソファテーブルに置いた時、タイミングを見計らったみたいにコーヒーの香りがした。顔を上げると、秘書の人がコーヒーを入れてくれたらしく、お盆に高そうなカップをのせて立っていた。

「あ、すみませんでした。ありがとうございました」

お礼を言って、二人いた秘書の、お盆を手にしていない方の人に借りていた電話を返す。

彼女はにっこり笑って受け取ってくれて、お盆を持っていたもう一人が、テーブルの上にあったお茶の器を下げて、コーヒーの入ったカップアンドソーサーを俺の前に置いた。

「社長からコーヒーの方がお好きだと聞きましたので」

なるほど。ダニエルさんは俺がコーヒー党なのを知っている。意外に気の遣える人なのかもしれないと新発見をして、お礼を言って秘書を見ると、二人が胸につけているプレートが目に入った。関川《せきかわ》さんと水野《みずの》さん。その個人識別プレートは社内の人間全員がつけているようだった。

名前を知って親近感が湧いたのか、それともさっきいた人と違って、それほど険しいような雰囲気を二人が持っていなかったからか。俺は気づいたら、二人に向かって質問を口にしていた。

「あの…。ここはなんの会社なんですか?」

変な質問かも…とは思ったけど、一番の疑問だった。下で社名を見たものの、それがどういう会社で何をしてるのか、学生の上に不勉強な俺には全然わからなかった。ビルを見て、大きな会社なんだろうなってのはわかるんだけど。

愛想笑いで聞く俺に、関川さんと水野さんは不思議そうな顔で互いを見ている。ダニエルさん本人に聞くのはさすがに失礼だろうと思ったんだけど、秘書の人だって社員なんだから同じように失礼だったかも。

そう思って、質問を引っ込めようとした時、関川さんの方が話し始めた。

「ジーオーシーってご存じですか?」

「あ、はい。ガソリンスタンドですよね」

そりゃ、知らないわけはない。俺は車に乗らないけど、日本全国どこに行ってもGOCって看板を掲げたガソリンスタンドがある。

「ジーオーシーはアメリカの石油会社なんですが、うちはそのグループの商社部門になります。総合商社っていうより、主に輸送関連の…石油とか車とか船とかを扱ってる商社なんですが」

なるほど。よくわかった…けど。予想通りというか、やっぱりすごい会社の社長さんをしていたんだ。ダニエルさんは。

それが家出してきてるなんて、本気で大丈夫なんだろうか。

「ダニエルさんの仕事はここでもできるんですか？」

「本社から業務は流れてきてますが。あくまでここは東京支社なので」

「私たちも本当は、東京支社長の秘書なんです。ただ、グレイフォーク社長が滞在中だけお手伝いをしてるんです」

「そうですか…」

そうだよな。浅井みたいに「辞めた」っていうんじゃない。どこにいても仕事が追いかけてくる。そんな表現が似合う状態なのかも。

大変だよな…と思ってると、横顔に視線を感じた。目を上げると二人が見ていて、お礼を言ったけど、二人とも動こうとしない。

「あの…何か？」

戸惑って聞くと、二人は顔を見合わせて、頷き合い、決心したような顔で関川さんが俺に向き直った。

「あの…。私たちもお伺いしてよろしいですか？」

「あ…はい？」

どう見ても俺の方が年下なのだが、関川さんは敬語だ。秘書という職業柄だろうか。それでも、明らかに年上の人に敬語を使われるのは、面はゆいものだと思う。

聞き返した俺に、彼女が一呼吸置いてから尋ねてきたのは…。

「社長とどんなお知り合いなんですか？」

聞かれて納得する。大きく首を振ってしまった。もっともな疑問だよな。秘書という立場の彼女たちから見れば、なんの紹介もなされずにここに座っている俺は、外見からしても不思議以外の何物でもないだろう。

さて。どう答えようか。けど、真実を言うしかなくて。

「俺の友人がダニエルさんと古くからの友人なんです」

浅井にとっては不本意な説明だろうが、ダニエルさんと浅井の関係は友人としか他人に説明できない。俺と浅井の関係も。

俺の言葉を聞くと、関川さんと水野さんは「はあ」と大きく頷いた。だけど、まだ納得できてないようで質問を重ねてきた。

「あの…東京に住んでいらっしゃるんですか？　日本の方ですよね？」

「はい。もちろん」

どう見たって日本人の俺なのに。疑問を顔に浮かべている俺に、二人は再び顔を見合わせてから、言い訳するように口を開く。

「すみません。本当はお客様にこんなコトをお聞きしたのがばれたらすっごく怒られるんですけど…」

「今、社長と長坂《ながさか》さんが席を外してるから」

長坂さんというのは、ダニエルさんについて出ていった、いかにもデキそうな女の人らしい。二人の口振りから言っても、秘書を総括する立場の人なんだろう。

「いいですよ。確かに、俺みたいのがダニエルさんと知り合いなんてどう見たって変ですよね」

「そんな…。ただ、グレイフォーク社長はあまりこちらに来ることがなくて、来日してもすぐに帰国する方なのに、最近ずっと滞在してらして。しかも、うちの重役連が滞在理由を知らない上に、泊まってるところまでわからなくて」

「普段、まったく無駄口をきかない方で、仕事が忙しいせいもあるんですけど。だから、プライヴェートって私たちには想像できないんです。それで…」

「すみません。好奇心に負けてしまって」

ははは…と、苦笑を隠せない俺。でも、車を降りてからずっと能面のような顔だなあと思っていた秘書の人たちだったけど、普通の女の人なんだ。当たり前だけど。こういう方が親しみが持てるなあ。

「社長が社にお友達を連れてくるなんて、絶対にないって思ってたんですが、それがこんなにお若い日本の方で、秘書一同でびっくりしていたんです」

「俺はダニエルさんに友人って思ってもらってるかはわからないんですけど…」

「でも、社長をファーストネームで呼んでらしてるし」

 それは、浅井があんなふうに呼び捨てにしてたから。けど、やっぱ、関川さんや水野さんが言うように、ダニエルさんはこんな大きな会社の社長なんてやってるエライ人だし、彼女たちのような反応の方がよほど普通なんだろう。

 そんなふうに集まって話していたら、ドアがノックされた。二人は驚いたように振り返り、水野さんの方が「鹿島さんだ」と小さく言った。鹿島さん、という名前にもちろん聞き覚えはなくて、秘書仲間の人かな…と思っていると、現れたのはきちんとした背広を着た、六十歳くらいの男の人だった。

「鹿島さん」

「そちらが社長のお連れですか？」

 聞こえたのはそれだけ。後は小さな声で何言かやりとりすると、関川さんと水野さんは俺に再びお辞儀をして部屋を出ていってしまい、二人が「鹿島さん」と呼んだおじさんだけが残った。

 鹿島さんはドアの付近から俺に軽くお辞儀をしてから、ソファの方へ近づいてきた。なんだか、厳しい雰囲気を漂わせた人で、思わず緊張してしまう。鹿島さんは俺の横まで来ると

立ち止まり、再びお辞儀をして自己紹介をし出した。

「初めまして。鹿島といいます。社長の実家の世話を任されている者です」

意外な自己紹介に、俺はびっくりして鹿島さんを見つめてしまった。だって、こんな会社で出てくる人だから、秘書の元締めみたいな人かと思ったんだ（部長さんとかさ）。

「あ、そうですか。俺…は、加納っていいます」

自己紹介を返して、立ち上がってお辞儀をすると、鹿島さんは座るように勧めてくれながら、「加納さん…」と俺の名前を繰り返していた。そして、立ったままで躊躇《ためら》うように口を開く。

「加納さんは…失礼なのですが、社長とはどういったご関係で？」

ご関係。鹿島さんの口調に、微妙なニュアンスを感じ取ったのは思い過ごしかな。なんていうか。俺ってもしかして誤解されてる？　って感じの。

「あのですね…。言っていいのかどうかわからないんですけど…」

ダニエルさんは秘書の人にも宿泊先を告げてないらしいし、重役も滞在理由を知らないと言うのだ。そりゃ、「家出」なんて、いい大人の、まともな滞在理由にならないよ。

そんなダニエルさんの居所をばらしちゃマズイかな…と思ったんだけど、俺の立場を説明のしようがなくて、仕方なく、状況を鹿島さんに説明した。

「ダニエルさん、うちに住んでるんです。うちっていっても俺のうちじゃないんですけど…。それに階も別ですし、俺は知り合いって感じで全然関係なくって。ダニエルさんの友人のところに俺が居候してる関係で知り合ったんですけど」

「友人…といいますと？」

鹿島さんが浅井を知ってるとは思い難かったけど（だって実家の管理をしてるっておじさんだし）、とりあえず、浅井の名前を口にした。

「浅井さんです」

だが。俺の予想は外れて、浅井の名前を出した途端、鹿島さんは大きく頷いたのだ。

しかも。

「青士様は今、日本にいらっしゃるんですか」

と、言ったのだ。青士様。似合わない単語に吹き出しそうになったのは否めないけど、それにしても、鹿島さんが浅井を知っているのには驚いてしまう。

「浅井さんをご存じなんですか？」

「はい。社長の古くからのご友人で、しばらくご一緒に暮らされてましたし」

ドキンと胸が鳴った。気にしていたつもりはなかったけれど、以前にダニエルさんが言っていたのは本当だったんだ。じゃあ、やっぱり…って考えて、ますます胸が高鳴る俺に、鹿島さんは意外な台詞を続ける。

「青士様は料理がお上手で、コックを下手《へた》だと言ってクビにしてしまったりして大変でしたが、あの頃は楽しゅうございました」

「え…？　二人で暮らしてたんじゃ…」

「いえ。ボストンのグレイフォーク家に青士様が同居していらしたんですが」

高ぶっていた胸の音が急速に落ちていく。なるほど。浅井ってどこにでも居候しちゃう人間だったんだな(俺も人のコト言えないけど)。

でも、鹿島さんはダニエルさんが浅井のところにいると聞いて、目に見えて緊張が解けたようだった。それは鹿島さんの浅井への信頼をも示していた。

「実は…。社長がボストンを出られて、日本にいるのはすぐにわかったのですが、秘書も宿泊先を知らないと言うので、確かめなくてはと思い、先日こちらに来まして。ただ、聡《さと》い方なので運転手に聞くわけにもいかず、後をつけるわけにもいかず、どうしたものかと思っておりましたところ、加納さんを同伴されたと秘書から連絡がありましたので、何かご存じではないかと、失礼を承知で伺いに参ったのです」

「別に本人に聞けば…」

と、言いかけて、ダニエルさんの性格を思い出した。それは鹿島さんも同じだったようで、目が合う。

「ああいう性格の方なので…」

苦笑して言う鹿島さんに笑い返す。なんだか、鹿島さんがダニエルさんを心配する様子は、まるで親が心配しているみたいで微笑ましく思えた。ダニエルさんもこんなに心配してくれる人がいるんだから、帰ればいいのに…と思ってしまうほど。

「お元気でいらっしゃいますか?」

「はい。会ってないんですか？」

「はあ…。たぶん、私が会うのは逆効果かと思いますので、ご自分から帰られるまで会わない方がいいだろうと…」

「ここまで来て会わないんですか？」

「いえ…ただ旦那《だんな》様の…」

旦那様？　語尾を濁した鹿島さんの顔はあまり明るくなく、気になる内容の台詞に、俺は理由を聞こうと思った。けれど、質問を返されて機を失ってしまう。

「青士様とは仲よく…？」

「まあ…。食事のたびに口喧嘩してますけど。俺と浅井さん以外にもう一人料理のできる子がいて、彼がダニエルさんの面倒を見てくれています」

「我儘ですから大変でしょう」

「はい。…って、俺は何もやってないんですけど。あ、ごめんなさい」

正直に答えてから、しまったと舌を出した。本当のコトとはいえ、いくらなんでも失礼だよな。だが、怒ってるかと見上げた鹿島さんの顔は笑ったままで、しかも、優しげな笑みは満足そうにも見えた。

「加納さんももうお一方も、良い人でよかった。社長がそんなにリラックスなさってるなんて、初めてかもしれません」

「そんな…」

「よろしくお願いします」

そう言って、鹿島さんは俺に頭を下げた。恐縮して立ち上がって、俺もお辞儀をする。まったく、鹿島さんみたいな父さんよりも年上の人に頭を下げられてしまうとは。困ってる俺に、もう一度柔らかく笑って、鹿島さんは社長室から出ていった。

最後に、「私に会ったことは社長には内緒に」と言い残して。

一人残った社長室で、俺は鹿島さんや秘書の人たちとの話から、ダニエルさんのコトを考えていた。

俺はまだ彼をよく知ってるとは言い難い間柄だけど、鹿島さんの言うように、浅井の家にいるダニエルさんがリラックスしている彼だとしたら、やっぱり、本当の彼はあっちなのかな…と思うんだ。

ダニエルさんが再度うちに来た時に、俺や浅井を説得するために観月くんに言わせた言葉。気の許せる友人が浅井しかいない。ビジネスの世界にずっといたから友人が少ない。

そう言われた内容に、あの時は「そんなコト…」と思った俺だが、今はなんとなく納得できる。

ここで仕事をしているダニエルさんの姿や、秘書や社員の人に映っているダニエルさんの姿は俺が知ってる彼とは全然違った。彼女たちは決して、ダニエルさんが食べ物にうるさいのや、紅茶について語り出したら止まらないというのも知らないし、信じられないに違いない。俺だって、こっちのダニエルさんを先に知っていたらそうだったはずだし。

ダニエルさんと浅井の関係を、いまだにちゃんと聞いてないけれど、二人の間にはよほどの信頼関係があるんだろう。そう言ったら浅井は頭から否定するかもしれないけど、実際、ダニエルさんにひどいと思える扱いや言動をしながらも、浅井は決して彼を無視したり追い出したりしない。帰れとはいつも言うけれど、それもダニエルさんの立場を考えてかもしれない（ってのは考えすぎかな）。

浅井とダニエルさんの関係。

一体、二人にはどんな過去があったんだろう。昔は同居までしていた仲で、なのに、今の浅井は露骨にダニエルさんを嫌っているし。ダニエルさんは恋人関係にあったたって言ったけど、浅井は頭から否定したし。鹿島さんは二人の仲のよさを認めてるような発言をしていたし。

うーん。と考えていた時。

「待たせたね」

いきなり響いた声に身体を震わせて振り向いた。開けられたドアの向こうから、ダニエルさんと秘書…きっとあれが長坂さんだ…が現れた。ソファから立ち上がりかけると、デスクの上の電話が高い音を鳴らす。俺の方に向かってくるダニエルさんに代わって、長坂さんが早足でデスクに近づき、受話器を持ち上げた。直通ではない電話らしく、相手と何言か話すとダニエルさんに低い声で告げた。

「社長。加納様にお電話だそうですが。お相手は正鵠社の吉田様です」

吉田さんだ。予想よりも早い時間に俺が腕時計を見ると、呼ばれて長坂さんを振り返ったダニエルさんがそのままデスクの方に歩いていって受話器を受け取ってしまった。俺宛の電話なのに？

「吉田？　すまない。つぐみをつき合わせてしまった…。え？　こちらに来ているのか？」

吉田さんの言葉を聞いて、俺を見たダニエルさんに大きく首を縦に振って見せた。電話を代わってもらおうとダニエルさんの方に歩いていくが…。

「じゃあ、食事をしよう。少し早いが、たまには外で食べるのもいいだろう。店で待ち合わせを…」

そう言って、目の前でダニエルさんは勝手に吉田さんに約束をさせて、電話を勝手に切ってしまった。俺宛の電話を！

「ダニエルさん。俺…」

「中華は食べられるね？　吉田を待たせてはいけないから急ごう」

「俺、吉田さんと仕事の話なんです。ダニエルさんが来ても…」

「私は構わないからいいよ」

俺が構うんだってば。

だけど、そんな抗議が受け入れてもらえるわけもなく、ダニエルさんは残りの打ち合わせを手早く長坂さんと終えて、ケイタイとラップトップの入ったアタッシェケースを持つ。疲れ果てた俺は、妙なマイペースに逆らう気分も起きなくて。一体、どうしてダニエルさんと知り合いになってしまったのか。今さらな思いを抱いて、世界イチ美形で強引な同伴者を伴って、打ち合わせに赴いたのだった。

ダニエルさんと一緒に下に降りた俺は、またもや皆の好奇の視線を浴びてしまい、消えてなくなってしまいたい衝動にかられた。全員の顔に、「誰？」「なんで？」って書いてあるような気がする。びしっとしたスーツ姿の大人を伴っているならともかく、俺みたいな格好のがダニエルさんの隣を歩いていたら、そりゃ、浮くってモンだよ。

堂々と歩くダニエルさんの後、俯いて小さくなりながら、秘書に見送られて会社を後にした。秘書が車を回すと言ったのだけど、近くだからと、俺を促してダニエルさんは歩き始める。

ダニエルさんに連れていかれたのは、彼のビルからほど近い、落ち着いた感じのビルの最上階にある店だった。ダニエルさんの会社のビルほどではないが十分に高い、二十三階の店にエレヴェーターで上がる。

中華らしく、金色の文字で書かれた看板が掲げられた店は、いかにも高級店といった感じで、ふかふかの絨毯《じゅうたん》が俺みたいな庶民を阻むよう。堂々と入っていくダニエルさんの後、小さくなって入った俺は、チャイナ服姿のお姉さんの微笑みと共に、奥の個室へと案内された。

「加納くん。ダニエルさんも」

　個室で、吉田さんは笑顔で待っていてくれた。俺はようやく見られた知ってる顔に、心からほっとした。

「すぐにわかったか？」

「はい。でも、珍しいね。加納くんがダニエルさんと一緒なんて」

　本意じゃないんです…と言いたかったが言えず。

「出かけようと思ったらちょうどつぐみも吉田のところに行くと言うし。たまたま青士と観月が出ていたので私の車に乗せたんだが、急な用ができて社に来なくてはいけなくなってね」

「会社、ここから近いんですか？」

「すぐそこです」

　俺の神妙な顔と、「すぐそこ」という意味を解してくれたらしい吉田さんは、苦笑いといった感じで頭を掻いた。まったく、俺たちみたいな庶民には考えられない世界にお住まいだもんなあ。

　香りの高いジャスミン茶とおしぼりを出してくれたウェイトレスさんに、ダニエルさんが食事とビールを頼んだ。俺は吉田さんとの打ち合わせのために出かけてきたわけなので、食事が進む前に、もう一度ダニエルさんに断りを入れてから仕事の話を始めた。

「…で、ネームを年内で、原稿を明けてすぐの週始め…十日くらいかな」

「いつもの締め切りと並行して、ですよね？」

「うん。当然」

はあ。思わず溜め息をついてしまう。

吉田さんが持ってきてくれた話は、本当は俺にとってはありがたい話なんだけど、今の状況を考えたら頭痛がする。世間には週刊連載をしながら月刊の連載もしてるというすごい人がいるけど、俺とは何もかもが違うだろうし（仕事に対する態度も態勢も）。

けれど、増刊にページを空けてもらって、好きな話を書かせてくれるなんて夢みたいな話なんだよね。弱音を吐いてたらキリがないか。頑張るしかないね。

「今から空いてる時間にネームとか進めなきゃ、マズイですね」

「うん。そうだね。それに来月は年末進行も入ってくるし」

年末進行？　口を開いた俺に吉田さんが苦笑して答える。

「もう、十二月だよ。出版業界は年末年始の休みのために、先に原稿を入れるってのが常識なんだけど」

「…それって、俺も関係あり？」

「当然」

うわー。脳味噌が沸騰しそう。要するに、月の締め切りが一回多くなる上に、増刊のネームもやらなきゃいけないわけだ。これは寝てる暇もないのかも…。

「忙しそうだな。つぐみ」

ちょっと、ボロボロになりかけの俺にダニエルさんがビールを吉田さんのグラスに注ぎながら言う。力なく頷いて答えてみせた。

「でも、ダニエルさんほどじゃないから」

ぼそりと言ったのは、さっき、社長室でのダニエルさんを見てしまっていたから。俺なんて忙しい忙しいと言っても、知れてると思うんだよね。単なるマンガ家で、個人の仕事だし。ダニエルさんは会社全体を見てるんだろうし、(社長なんだから)忙しさが違うと思うんだ。

「ずっと、こちらでお仕事なさるんですか?」

返杯しながら聞いた吉田さんの質問は、俺も聞いてみたかった質問だ。大体が、ダニエルさんが再訪した理由もちゃんと聞いていない。浅井の話ではお父さんと喧嘩したって話だったけど。そんな理由で本当に日本に来てるんだろうか。

「いや。本当はすぐにでも戻らなくてはいけない」

「まだ、喧嘩してるんですか?」

思わず聞いてしまった俺に、ダニエルさんは冷たい目を向けた。うわ。まずかった? そう思っても後の祭り。

「青士がなんと言ったのか知らないが、別に喧嘩をしているわけではない。ただ、意見が対立しているだけだ」

それを喧嘩っていうんじゃ…。

心の中だけで思って、ビールの飲めない俺はお茶に口をつけた。俺としては何気なく言った一言だったし、それはそのままで終わって欲しかったのに、ダニエルさんは後を続ける。

なんて言うか、浅井との口喧嘩でも思うんだけど、ダニエルさんって言われたら言い返すってふうに、外見からは考えられないほど、闘争心(？)のある人で。

「大体、私が来た目的は青士なんだよ。覚えてるかい？」

顔を上げると、いたずらな笑みを浮かべたダニエルさんの顔があった。その表情は、最初来た時に、俺に嫌がらせをしていた彼のもの。いやあな予感が背中を流れるんですけど。

「でも、それは浅井さんが断ったんじゃ…」

「じゃ、つぐみは青士をずっとあのままにしておくつもり？」

それは…。困るんだけど。

浅井が仕事を突然辞めてきてから数週間が経つけど、浅井は仕事を捜してる気配がまったくない。それどころか、家事をイキイキとやってる姿は、このまま主夫になってしまうんじゃないかって思わせる。

「それは…」

「そうだよね。あの才能をあのままにしておくなんて、世間が許さないよ。今日も、つぐみが来てる時に電話があったんだよ。浅井の件はどうなってるって」

言われて、社長室で俺をじっと見てから電話に出たダニエルさんの姿を思い出した。やっぱり俺に関係する電話だったから見てたのか。通信社でのカメラマンの仕事。その線はまったく消えてしまったわけではないんだ。

本当は、いい話だと思ってる。だって、浅井にカメラマン以外の仕事なんて似合わない。浅井はあんなに器用な人間だし、なんだってできると思っているけど、他の職業に就いてる浅井なんて、想像できないんだ。それこそ、ダニエルさんじゃないけど、会った時から俺にとって浅井はカメラマンだから。やっぱり、そういう仕事を、納得できる形でやれるのが一番だって思ってる。

それには、ダニエルさんの持ってきた話は最適なんだって、冷静に考えて思う。ただ、俺が納得できないだけで。

「本当は今度ステイツに戻る時に、青士も連れて帰りたいんだよ。話を聞かせるだけでもしたいからね」

「でも、ダニエルさん。浅井さんの意見も聞かないと…」

青くなっていく顔色を止められない俺を、可哀相《かわいそう》に思ったのか、吉田さんがフォローを入れてくれる。動揺してるって知られたくないけど、無理な話だった。自分でもいやになるくらい、浅井がいなくなるのに怯《おび》えているのをわかってる。

「青士はいやだって言うだろうね。それと同じくらい、向こうで話を聞いたら仕事がしたくなるだろうけど」

「そんなコト…」

ダニエルさんにわかるんだろうか。浅井の気持ちを断言できるほどわかっているんだろうか。

俺には到底できない発言に、ダニエルさんへの複雑な思いが生まれる。思えば、それは嫉《しっ》妬《と》だったのかもしれない。

「悪いけど、つぐみ。今の時点では私の方が青士のコトをよくわかっている。過ごした年数が違うし、私は青士のコトを愛しているからね」

面と向かって言われた言葉に、俺はダニエルさんを見たまま、微動だにできなかった。

確かにそうだった。ダニエルさんと浅井との間に見え隠れする信頼関係や、過去の日々を俺は否定できない。否定できないから言い返せない。

言い返せるほどの関係が、自分と浅井との間には存在していないような気がしていたから。目が合ったままのダニエルさんは余裕の笑みを浮かべている。耐えきれなくて、ダニエルさんから視線を外して、ぎゅっと膝の上で握りしめた手を見つめた。その場から逃げたくなる衝動を抑えるだけで精いっぱいで、一緒にいて困ってるだろう吉田さんを気遣う余裕もなくて。

そんなふうに、どうしたらいいのかもわからない俺に、ダニエルさんは…。

「つぐみは青士と向き合っていないだろう。抱かれてるだけじゃ、わかり合える日は来ないよ」

続いた言葉に、はっとして再び顔を上げた。とどめの言葉が来るのかと思っていたのに、意外にもダニエルさんの口調は柔らかくて。しかも諭すような口調が心に響いた。

「ダニエルさん…」

言われた言葉を、心の中で反芻《はんすう》しながら彼の名前を呼んだけど、ちょうど、ウェイトレスさんが新しい料理を運んできて、俺は続ける言葉を失ってしまった。

ダニエルさんもその話は打ち切りだというように、吉田さんに別の話を切り出し、それまでのお詫《わ》びだというようにまったく関係のない話題で場を取り繕った。吉田さんも大人だから、聞かなかったことにしようとしてくれてるみたいで、その話題には触れず、ダニエルさんの話に乗っていた。

俺は…。

話の輪に加わりながらも、ダニエルさんに言われた言葉を繰り返していた。

向き合っていない。本当にそうだ。ダニエルさんに言われるまでもなく、ずっと思っている。けれど、他人から指摘されるのはまた違う。心に響く。戸惑いや不安や、いろんな暗雲を心に立ち込めさせる。

向き合う。わかり合える。

浅井は俺のコトをいつも考えてくれてて、よくわかってくれてるって思うけど、俺は浅井の何を知っているかといえば、まったく知らないのかもしれない。ダニエルさんの言うように、今、浅井をよくわかっているのは彼の方だ。二人には俺の知らない共有していた時間があるみたいだし、二人ともがお互いをわかってるから、あそこまで口喧嘩もできるんだと思う。

俺は浅井から逃げてばかりで、彼をわかろうとしていない。なのに、浅井の行動を制限で

きる力があるんだろうか。

　そう思いながら食べたご飯は、せっかくの高級料理だったのに全然味がしなかった。


　食事の終わりかけ、ダニエルさんの携帯電話に連絡が入り、彼は社に戻っていった。俺を送るように命じられた吉田さんは、わざわざタクシーでうちに寄ってから、社に戻った。家に戻るくらい、一人でできると言い張ったんだけど、聞き入れてもらえなかったのだ。

「つぐみ。遅かったな」

　玄関に入って、靴を替えていると浅井が心配げな顔で覗きにきた。なんだか、ダニエルさんの話で考えた後なので、思わずじっと見てしまう。

「なんだ？」

「ううん」

　不思議そうな顔で見返してくる浅井は、もちろん、何も知らないので、俺は首を振ってごまかすように話しかけた。

「吉田さんとダニエルさんとご飯食べてきたんだ」

「ダニエル？　吉田の会社に行ったんじゃないのか？」

「うん。その予定で出かけようとしたらダニエルさんも出かけるところでさ。送ってくれるって言って車に乗ったんだけど、急な用事が入って。ダニエルさんの会社に行ったんだ」

「会社？……ああ。六本木の？」

浅井はダニエルさんの名前を聞いた途端に眉をひそめ、会社に行ったと言ったらその角度をきつくした。さっきはダニエルさんの方が浅井のコトをよくわかってると思った俺だけど、浅井の対応を見ると、なんだか覆してしまいそう。

「うん。それで遅くなっちゃって、吉田さんに六本木まで来てもらって、打ち合わせついでに三人でご飯を」

「なんであんなバカにつき合ってんだ？」

「だって、ダニエルさんが一人で行くの許可してくれなかったからさ」

「まあ…それは」

過保護の大本である浅井は、それには納得するしかないらしく、言葉を濁した。ったく。皆で俺をバカにしてるのかも…とぼやきつつ、居間に入ると、観月くんがテーブルで本を広げていた。

「お帰りなさい。ご飯は？」

「食べてきたよ」

「増刊の打ち合わせですか？」

前に吉田さんから話だけ聞いていたらしい観月くんの言葉に頷いてみせて、今後のスケジュールの厳しさについて話すと、俺よりもマンガ歴の長い観月くんは当然だと頷く。

「そりゃ、年末進行は常識ですよ」

「やっぱ、そうなんだ…」

　俺のところに来る前は、矢島夏生《やじまなつお》という売れっ子のセンセイのところにいた観月くんだ。週刊の上、月刊でまで連載を持っているという矢島センセイは普段から月五回も締め切りがあるので、年末などは地獄の沙汰《さた》になるという。俺はそれを聞いて心から寒くなったよ。

「つぐみさん、次の入稿明けに実家に一度戻った方がいいんじゃないですか？」

　浅井が入れてくれたお茶の湯飲みを手にしていた俺に、観月くんが心配げな顔で言う。

「ひばりちゃん、年末までに一度戻ってきてって言ってたでしょ。来月入ったら余裕ないスよ」

「そうだね」

　観月くんの言葉に、うんうんと大きく頷いてしまった。まったく、観月くんって先見の明があるっていうか、ただ俺が人並み外れてとろいだけか。

　ひばりも年末までに一度戻ってきてと言っていたが、俺だって、夏からの出来事をまだ何も実家の両親に言ってない状況のまま、新年に会うのはマズイな…と思っていたんだ。しかし、もうすぐ十二月。今帰らないと、年末進行にもまれてしまって、自動的に新年になってしまうだろう。

　俄に焦った気分になり、観月くんにカレンダーを持ってきてもらって、原稿の締め切りを書き込んでいった。気分が重くなるような作業だが仕方ない。結果、本当は明後日から入ろうと思っていた次のネームを明日からでも入るコトにした。じゃないと、最後の方が間に合わないかもしれないし。

「頑張ろう」

「そうスね。風邪《かぜ》なんかひかないでくださいね」

真剣に話しながらカレンダーと睨《にら》めっこしていた俺たちの横で、浅井は煙草《たばこ》を吸いながら新聞を広げていたが、話が一段落した頃、風呂に入ってこいと俺に言った。

時刻を見れば九時を過ぎていて、意外に自分が長く外出していたのを知る。浅井の言葉に頷いて、風呂場に向かい、湯が張ってある温かい浴槽に身を沈めた。

一人になると、ダニエルさんと交わした会話が頭をグルグル回る。浅井の顔も。観月くんと仕事の話をしている間は忘れていられても、決して忘れられるコトではないから。

ダニエルさんと浅井は、二人ともストレートに認めてはいないけど、それでも深い信頼関係で結ばれてるんだと思う。じゃなきゃ、ダニエルさんだって、わざわざスウィートに泊まるお金があるのに浅井の家に居候なんてしないだろうし。浅井だって、本気でいやならすぐにでも追い出すはずだし。屈折してるけど、ちゃんとした年月を経た上での信頼関係だと思うんだ。

それに比べて。比べちゃいけないのかもしれないけど、俺と浅井ってどんな関係なんだろう。まだ出会って半年も経ってなくて、浅井は俺を好きだと言うけれど、俺はそんなふうに口に出せるほど、浅井への思いを確信できていない。かといって、浅井とダニエルさんの間にあるような信頼関係があるかといえば、年月からしてノーだ。

それに、きっと、俺と浅井ではあんなふうにはならないような気がする。ならば、どんなふうに？

考え出したらキリがなくて、危うくのぼせてしまいそうになった。悪い癖だとは思ってるけど、一人になると思考を止められない俺。小さい頃から成長がない。

風呂を出ると、観月くんの姿はなくて、浅井が下に帰ったと言う。浅井はテレビでCNNを見ていた。やはり、英語の方が聞き取りやすいようで、この家にはケーブルTVが引いてあり、いつでもCNNが見られるようになっている。俺なんか、ちっともわからないけれど。セサミストリートでもわからないコトがある貧困な英語力である。

冷蔵庫から取り出したミネラルウォーターのボトルを手に椅子に腰かけて、ソファに寝そべってTVの画面を見ている浅井の横顔を見ていた。何気なく見ていたつもりだったんだけど、視線に気づいた浅井が不思議そうな顔で俺を見る。

「なに？」

「別に…」

用があったわけじゃない。ただ…。

やっぱり、ダニエルさんに言われたコトが気になってる。言葉にしたくても、何も出てこないのはわかっていたので、ごまかすように席を立った。先に寝るのを断って寝室に入り、ベッドで文庫本を広げた時、浅井がビールを手に寝室のドアを開けた。

「ダニエルに何か言われたのか？」

ベッドに腰かけるなり、いきなり言われた言葉に、心臓がドキンと鳴る。浅井は鋭い。俺の小さな変化も見落とさずにいるから。

「何も言われないよ」

「本当に？」

「うん」

返事はしたんだけど、必要以上に浅井を見てしまう。視線が外せない俺に浅井は苦笑してプルトップを開けた。

「つぐみは嘘が下手だな」

かっと頬が熱くなった。言い返そうかと思ったけど、浅井の表情を見ていたら口が開けない。

「ダニエルが何言ったか知らないけど、気にするな。つぐみはつぐみでいいんだから」

「でも…。ダニエルさんの方が浅井さんをよくわかってるよ？」

そんなふうに言うつもりはなかったけど、出てきたのはそんな言葉だった。浅井は俺が言い出した言葉が意外だったようで、開けたばかりのビールを床に置いて、片足をベッドに上げて俺を覗き込む。

「あいつがそう言ったのか？」

「違う…だって、事実そうじゃん。ダニエルさんの方がつき合い長いんだし」

「長くてもあいつが俺をわかってるとは思えないが」

「そんなコトない。浅井さんの仕事だって…」

ダニエルさんが持ってきた通信社への就職を、頭から蹴飛《けと》ばした浅井だけど、あれは俺の手前っていうのもあったのかもしれない。俺が「いやだ」って否定したから。

「あのバカ、まだ言ってんのか？　大丈夫だって。俺はつぐみの側にいるんだから」

「だけど、浅井さん、ずっと無職でいるつもり？」

「無職がいやなら働きにいくよ」

「どこに？」

「どこだって。これでも、結構なんでもできるんだぜ」

笑って浅井は言うけれど、確かに浅井ならなんでもできるし、今すぐにだって働きにいけるだろうけど。それは間違いなんじゃないかって思ってる心が、俺のどこかにある。浅井に行って欲しくないと思ったのは事実だし、側にいてくれるコトに安堵《あんど》感を覚えてる自分も事実。相反する気持ちの中で、俺は惑って言葉が継げなかった。

「つぐみ」

揺れる思いで俯いていた顔を上げると、浅井が顎《あご》を持ち上げてキスをする。軽く口づけた後、俺の身体を持ち上げ、壁に凭れて後ろから抱き込んだ。

「あ…さいさん！」

「つぐみ。側にいさせて」

背後から羽交い締めみたいな体勢にされて抵抗しようと思った俺は、耳元に聞こえた低い声に、思わず動きを止めた。長くて太い腕が両肩を包み込むように抱いている。

「仕事なんかいつだって再開できるし、金がいるなら稼いでくるから。今はつぐみの側にいたいんだよ」

そっと、浅井の腕に触れた俺の指先は震えていた。浅井が俺を好きなのはわかっていた。わかっていたのに、今さらに突きつけられる思いは俺の自制心を盗んでいく。側にいて欲しいと思っている人間にこんなふうに言われて、頷かないでいられるはずがなかった。俺はそんな強い人間じゃない。

小さく首を縦に動かした俺に、浅井が耳にキスをする。抱きしめる浅井の暖かい身体。静かな吐息。夜が安心をくれるのか、浅井が安心をくれるのか。

そう思いながら、目を閉じようとした時、伏せようとした目に、自分のパジャマのボタンに浅井の長い指がかかっているのが映って、俺は少し眉をひそめた。

「…浅井さん…?」

「したくなった」

「ちょ…っ」

大体が、こんな体勢を許してて、それでも抵抗しようとする俺がおかしいのかもしれないけど、やっぱ、それとこれは別だと思うんですけど?

「あのね…あさ…」

「側にいていいって言っただろ」

「それはっ」

「すっげえ近くに行きたい」

浅井の超低音で耳に言葉を吹き込まれると、身体がビクンと震える。俺がそういうのに弱いってわかってて、わざとやってるに決まってる。

止めようとしてもパジャマをかいくぐってくる指先を止められず、頬が焼けたみたいに熱くなってくる。胸に辿《たど》りついた掌がきつく撫《な》でると突起が硬くなった。指先で摘《つま》まれれば高い声があがる。

「あっ……」

漏れる溜め息は甘くて。いやでも感じやすくなってる自分を認めざるを得ない。浅井の腕の中にいると、俺は簡単に身体を開いてしまう。

「んっ…」

横抱きにされて、優しくベッドに寝かせられる。身体中を確かめるように愛撫《あいぶ》されながら、パジャマと下着を脱がされた。

裸になった俺の胸に浅井は顔を埋めて、乳首を口に含む。カリ…と先端を噛《か》まれると、身体の芯《しん》に快感が走った。

「…やっ…あ…」

指先と口で両方を弄《いじ》られて、熱さが集中していく自分を止められなくて、浅井の髪を摑んだ。浅井の歯が当たるたびに身体を捩《よじ》ってしまう。

「つぐみ。胸だけで濡れてる」

胸から口を離した浅井は、俺の耳元で笑うように言った。事実、浅井に握られた俺自身は、自分でもわかるほどに先を弄る彼の指先を濡らしている。

「そ…んな…」

「ホントだって。ほら」

いきなり、浅井が俺の腕を掴み、中心へと導いたので、俺はびっくりして身体を引いたんだけど、浅井の力には敵《かな》わなかった。そのまま、浅井の大きな掌と一緒に熱くなってる自分に触れてしまい、恥ずかしさで死にそうになる。

「いや…」

「もう熱いだろ?」

瞳を覗き込んで言ってくるいたずらな顔を、もう片方の手で思いっきり追いやって、顔を背けた。否定できないだけに辛《つら》くて唇を噛みしめる。

浅井は余裕の顔で笑いを漏らして、俺の手を解放してくれた。そのまま下に降りた浅井の口に含まれる。

「あ…」

温かい口内。音を立てて舐《な》める仕草がますます俺を昂《たか》ぶらせる。唇で先を扱《しご》かれて、吸われれば開かされた足先が震えた。

「…んっ…あ…」

舌が舐める感触。敏感になってるモノは、どんな刺激さえも受け取ってしまい、先走りを迸《ほとばし》らせる。滲《にじ》み出る液を吸われて、それだけで自分を解放してしまいそうになった。

「ん…っ」

口で勃《た》っているモノを嬲《なぶ》られたまま、後ろを探られて、息を呑《の》んだ。浅井が長い指先で孔《あな》の周囲をなぞれば、ドクン…と液が溢《あふ》れ出す。

浅井はそれを舐め取りながら、後ろへ指をゆっくり挿入させる。待ち侘《わ》びたように収縮してしまうのがわかって、俺は顔を両手で覆った。

「あっ…はあ…っ」

慣れた様子で指が中を犯していく。ほぐすために動かされるだけで腰が揺れてしまう。

「つぐみ…揺れてるぜ」

前から口を離して起き上がった浅井に言われて、俺はとても顔を見せられなかった。手で覆ったままでいると、浅井がぐっと乱暴に指を増やす。

「いっ…あ…」

痛くはなかったけど、びっくりして手を離した俺に、浅井が待ちかまえたようにキスしてきた。後ろに入ってる二本の指を感じながら、舌を搦《から》められて、思わず真剣に浅井のキスを求める。

いつだって、浅井とのセックスに抵抗感はある。だって、やっぱり俺たちは男同士だから。いくら感じてしまっても、俺にとっては間違ってるって気持ちは拭えないものだ。

なのに。

どうして、いつもこうなってしまうんだろう。いつだって、浅井は激流みたいに俺を流すから。いや、最近は流されてるだけじゃないって思う。

俺は自分から浅井を求めてるって、認めなきゃいけない。

「つぐみ…入れていい？」

低い声で言われて閉じていた目を開けた。優しく見下ろしてる浅井の顔。引き寄せて首に抱きつくと、浅井は少し笑って腰に手を回した。

「んっ…」

ジーパンを脱いだ浅井の熱さが孔にあてがわれて、息を呑む。慣れてきてるとはいえ、先端が入ってくる時の恐怖感は拭えない。

それでも、ゆっくりと内部を犯され、浅井の熱さが俺の熱さに馴染《なじ》む頃には、満足げな溜め息を漏らしてしまう。

「ん…ふう…」

「つぐみ…」

半開きの口に、浅井がキスをくれる。次第に深くなって、夢中になってしまうキス。頭がぼうっとして何も考えられなくなる。

舌を絡め合わせたまま、浅井は腰を緩く動かす。奥に入ってくる感触がなんともいえない快感で。勃ったままの自分がズクンと大きくなるのを感じた。

「つぐみ。好きだ」

内部の熱い感覚を追って、うっとりと閉じていた目を開けた。浅井の真剣な表情。いつも、浅井は俺に覚えさせるみたいに「好きだ」って繰り返す。

そういう時の浅井の顔は、特別に優しくて、いつも心を揺らされていたんだけど、その時は別だった。

心を摑まれて、底から搔き回された。

揺らされて、投げつけられた。

「つ…ぐみ…?」

らしくない、弱い声音で名前を呼んで、浅井が顔を覗き込んでくる。俺は何も言えなくて、ぼやけた視界のままで浅井を見ていた。

浅井が心配げな顔で覗き込んだのは、俺が涙を流してしまったからだ。

いろんなコトが自分の中に溜まりすぎて、溢れた心は涙になって外に出た。浅井を困らせるつもりはなかったし、彼のせいじゃないけれど、浅井の言葉が俺に涙を流させた。

「つぐみ…痛かったのか?　いやだった?」

浅井の言葉に首を振る。そうじゃない。そう言いたくても、言葉が詰まって出てこない。

好きだって言う、浅井に答えられない自分。答えない自分。認めない自分。

そんなすべてがいやだった。

「落ち着け。やめるから…」

涙の止まらない俺の頭を浅井は優しく撫でると、身体を離そうとした。けれど、俺は離れて欲しくなくて、浅井にきつく抱きついた。

「つぐみ？」

俺の行動が意外だったらしい浅井は、抱きついた俺に不思議そうな声をあげる。俺は戸惑って、迷いながらも、小さな声で告げた。

「して…」

なんて言ったらいいのかわからなくて、後から考えると女の子みたいでいやだなあとは思ったけど、俺にはそんな言葉しかなくて。

浅井を離したくなかった。何も考えられなくなるほどに、抱いて欲しかった。

俺が、すべてに迷わずに、浅井だけを見ていられるように。

俺がそんなコトを言い出すなんて、浅井は夢にも思っていなかったようで、しばらく固まったままだった。だが、俺の言葉が幻聴でもなんでもないと知った時の、浅井はすごかった。

「つぐみ」

切羽詰まった声で名前を呼んで口づけてくる。乱暴なキス。中にいる浅井自身も、内部に響くほどに反応して大きさを増した気がした。

「んっ…っん…」

息も継がせてもらえずに、頭がクラクラしてくる。腿《もも》を持ち上げて、奥まで入り込んでくる熱さに目眩《めまい》がする。

内臓が圧迫される辛さがわからない。下肢を覆う目まぐるしい快感が何もかもを消してくれる。残すのは、ただ、イイという感覚だけで。

「やっ…あっ……！」

急激な抜き差しを繰り返されて、俺は奥を突かれた瞬間に昂ぶっていた自分を出してしまう。

だけど、周りが見えなくなってる浅井は、そんなコトに気づきもせずに、腰を打ちつけてくるのをやめない。俺も、出してはしまったけど、硬いままだった自分自身を浅井の腹でこすられて、すぐに熱さを取り戻していく。

「あっ…あっあ…」

身体中が分解してしまう錯覚に襲われるほどに、浅井は俺を突き上げた。突き上げられるたびに、熱さを増す自分に耐えられなくて、浅井の背中に爪《つめ》を立てる。

「つぐみ…好きだ。好きだ」

繰り返す浅井が愛《いと》しくて。

「…うん」

小さな声で答えた。

俺を抱くことに夢中で、上の空だった浅井には届かなかった返事かもしれないが、それは、俺が初めて浅井の気持ちを肯定した瞬間だった。

　好きだって、言葉に出して言えないけれど、浅井の気持ちを受け止めようと思った。そうして、浅井に向き合っていこう。

　ようやくそう思えたきっかけが、ダニエルさんの言葉だったなんて意外だったけれど、いずれにしても俺はわずかな差で浅井の気持ちを受け入れていたと思う。

「あっ…せっ……い」

　白くなってくる意識。快感が集中しすぎて目前さえ見えなくなってくる。なのに、ぼやけた視界に映る浅井の顔は、はっきりと俺の心の中に入ってくる。

　愛しい、顔。

「つ…ぐみっ…」

「んっ……!」

　折れるんじゃないかってほどに抱きしめられ。内部に熱いモノを感じた時、俺も同時に自分を放出していた。二人分の荒い息が室内にこぼれる。

　抱きしめた背中の熱さを掌に感じて、俺は浅井の腕の中にいる幸福感を初めて味わっていた。


…んだけど。

俺。

「つぐみ〜」

浅井が名前を呼ぶのは何度目か。数えるのも億劫《おっくう》になるほど俺の名を呼んでいるんだけど、絶対に顔を出してやるもんかって感じで、きつくシーツを握りしめたままベッドの中にいる俺。

なぜなら。

横で情けない声を出しているバカ男は、本当に、本当の本当に俺が気絶するまでセックスしたのだ。それが、丈夫ではあるが通常よりも華奢《きゃしゃ》だといわれる俺にとってどんなしんどいコトか、今までわかっていいようはずなのに、だ！

今までだって、疲れてて寝ちゃうとか、しんどくて気を失って朝になってるとかはあったけど、確実に気絶した！　って思ったのは初めてだ。俺が今どんだけしんどい思いをしてるのかわかってんだろうか？

しかも、起きたら夕方の五時。今日は朝起きて、ネームに入ろうと思っていたのに。年末進行に今から合わせて、働こうと思っていたのに。

起きて時計を見て、裸の自分や昨日のコトを（昨日じゃなくて、今日か？）思い出して怒りに震えていると、浅井が寝室に顔を出した。どうも、俺が起きてないか気にして、何度も覗きにきていたらしく、目が合うなり、「つぐみ〜」と優しげに名前を呼んだ。どっから見ても俺が怒ってるってわかったんだろうな。俺は当然無視してシーツに潜り込んだ。浅井のバカ力でもひき剝《は》がされないように、思いっきり力を込めてシーツを握りしめて。

それから、小一時間。浅井はベッドの横で俺の機嫌を窺《うかが》いながら、名前を呼んでいるわけだ。

「つぐみ～。だから、謝ってるだろ」

「謝って済む問題だと思ってんの？」

「だって、してって言ったのつぐみじゃん」

しれっとした口調で言う浅井に、むかっ腹が立つ。それが事実なのがまた悔しいというか、なんというか。ああ。なんで俺ってばあんなコト言っちゃったんだろう。

「つぐみが初めて自分からして欲しいなんて言うからさ。俺だって…」

「欲しいなんて言ってない！」

「…同じだろ？」

自分が悪いとはいえ、まったく反省のない態度の浅井に腹が立ちすぎて、八つ当たりでシーツの中から足だけ出して浅井を蹴っていると寝室のドアをノックする音がした。浅井が返事をすると小さくドアの開く音。

「浅井さん？　つぐみさん、まだ寝てらっしゃいます？」

そっと聞いてきた観月くんの声に、浅井が答える前に起き上がって返事をする。

「起きたよ。今行くから」

「俺が何度言っても起きなかったのに…」

少し拗《す》ねてる浅井を放って、ベッドを降りて裸の身体にバスタオルを巻いた。風呂場に行ってシャワーを浴びようと思い、一歩を踏み出してから思い出したコトがあって、後ろをついてくる浅井を振り返る。

「浅井さん。観月くんの前で余計なコト言わないでよ」

「余計って？」

「だから…さっき言ってたみたいなコトだよ」

浅井ならやりかねない。平気な顔で観月くんに「つぐみがして欲しいって言った」とか言い出しそうだ。

浅井は俺の言葉に、変な顔をして視線を上向けた。なんだか、不自然な仕草にいやな予感がしたんだけど、クギを刺しておけば少しは効くかもと続けて言う。

「俺たちの間で言うのは、まあ、仕方ないけど。観月くんは関係ないんだからね。そういうのは…」

説教をしながら寝室のドアを開けた俺は、睨みつけていた浅井から視線を外してふと、居間を見た。そして、何気なくテーブルの上を見て、固まった。

「……」

テーブルの上にはものすごく豪勢な料理が並んでいたのだ。伊勢エビさんまでいらっしゃる。それに丸いケーキも。

俺は眉間を歪《ゆが》めて固まったまま考えた。誰かの誕生日だという話は聞いてない。誕生日にしてもこれだけの料理を三人しかいない家庭で作るバカはいないだろう。

「…ねえ。誰か誕生日なの？　パーティでもやる気？」

「いや」

背後の浅井が言葉を濁す。濁す…ってのは、疚《やま》しい気持ちがあるからだ。

「なんなの？　浅井さん。これは」

「…お祝い？」

「なんの？」

「つぐみが俺に……」

浅井が皆まで言わないうちに、俺は思いっきり浅井の脛《すね》を蹴りつけていた。観月くんが驚いた顔で見ていたけど、どうでもいい。だって、体罰でも与えないとわかんないんだよ。このバカは！

「つぐみ〜」

悪気はないんだぜ〜なんて言葉を聞きながら、風呂場のドアを乱暴に音を立てて閉めた。浅井のバカにつき合ってられる神経は俺にはないって思いながら。

まだ、マシだったのは、浅井が観月くんに「お祝い」の内容を告げていなかったコトだろう。風呂から出てきて、観月くんが知っていたらどうしようかと思ったけど、お祝いの内容を俺に聞く彼に、とりあえず安堵した。同時に、言い訳に困ったけど。

「いやさ…。増刊が決まったお祝い…だよね？　浅井さん」

「…そう」

神妙な顔で答える浅井は、真実を言いたいのだろうが、俺の報復が怖くて黙ってるってふうだった。しかし、改めて見ると、すごい量の食事である。観月くんに聞くと、昼前に起きてきてから、二人で買い出しにいって、ずっと作っていたらしい。

絶対に三人では食べきれないとわかっていたので、吉田さんに電話した。遅くなるけど来てくれるという返事。吉田さん一人が増えても知れてるか…と思い、他に誰かと捜したけど、うちに来てくれるなんてあの人くらいしかいなくて。

「広瀬《ひろせ》さん？　加納です。時間ありますか？」

以前に聞いていた広瀬さんの携帯電話に連絡すると、彼も来てくれると言ってくれた。本当は浅井の知り合いなんだし、浅井に電話させようとしたんだけど、いやがるから仕方なく俺が。

吉田さんももちろん、忙しい人なんだけど、広瀬さんなんてもっと忙しいから、「ご飯作りすぎちゃって」なんて理由で電話しても、来てくれないような気がしたんだけど、意外にも二つ返事だった。やっぱり、浅井のご飯は美味しいからかな。

「あれ？　ダニエルさんは？」

受話器を置いて、気づいた俺は観月くんに尋ねる。そういえば、メンバーが一人足りない。

「お仕事です。朝からお出かけなんです」

そうか。昨日、彼の仕事振りを見てきたばかりの俺である。あの様子では忙しさでは誰にも負けていないだろう。

「つぐみさん、昨日、ダニエルさんの会社に行ったんですよね」

吉田さんも広瀬さんもいつになるかわからない人ばかりなので、先に食べていようと三人で席に着くと、観月くんが思い出したように言った。昨日、帰ってきてから仕事の話ばかりしていて、その話ができていなかったんだ。

「うん。やっぱり、社長さんみたいだったよ。六本木のすっごいビルで」

「信じてなかったのか？」

ビールを観月くんのコップに注ぎながら（今日は観月くんのお仕事はないので）言う浅井に、戸惑いながら返答する。

「だって、嘘みたいな話じゃん。ダニエルさん、あんなに若いんだし。お金持ちなのはわかってたけど」

「最近、ずっとお出かけなんですよ。お忙しそうでしたか？」

「そりゃ、もう。会社に行ったのだって、急な用件とかで呼び出されたからだもん。来客とかもあるみたいだったし」

「だからさっさと帰れって言ってるんだ」

苦々しい顔の浅井。

「あいつはあんな変な性格だが、仕事はできるんだ。実質的な権限も全部あいつにあるはずだから、本社もいなくなられて相当慌ててるだろ。仕事も結局、こっちに回すしかないし、客もこっちに押し寄せてくる。だったら、帰ってあっちで喧嘩でもなんでもしてた方がいいに決まってる」

浅井は顰《しか》めた顔で言ってるけど、内容はなんとなくダニエルさんを心配してるものに思える。ダニエルさんをいやがってるのは本当かもしんないけど、心底嫌ってはいないんだろうな。

「浅井さんってなんだかんだ言って、ダニエルさんのコト、心配してるんだね」

正直な感想だった。いろいろ見た結果ともいうか。なのに、浅井は…。

「はあ？　心配？　俺があいつを？」

心底から心外だって顔で、ますます眉間を歪める。

「何言ってんだ。つぐみ。俺のどこがあいつを心配してるって言うんだ？」

「だってさ。ダニエルさんの立場とか仕事とか、心配してるから帰った方がいいって言ってるんでしょ？」

「冗談。言っとくが、俺はこれっぽっちもあのバカの心配なんざ、したコトはない」

って、小指の先を見せるんだけど、なんだか幼稚な喧嘩のような…。観月くんと二人、呆《あき》れて浅井の顔を見てるんだけど、浅井にとってダニエルさんは地雷のようで。普段なら冷静にいやあな顔をするだけなのに、自分から怒ったまま話し出した。

「いいか？　俺があいつを嫌ってるのはな、あの我儘さと自分勝手さ。それを指摘された時に取る態度だ。東京にやってくる前に最後に別れた時、どんな状況だったと思う?」

「状況って?」

「いつものごとく、些細《ささい》なコトで言い合いになったんだ。見てりゃわかると思うが、基本的にあいつが悪い。なのに。あいつは俺を砂漠のド真ん中に置き去りにしたんだぞ!」

置き去り。しかも、砂漠?

隣り合わせに座ってる観月くんと顔を見合わせて苦笑した。苦笑するしかないだろ?

「街まで出るのに一週間かかって。その上、嫌がらせされて出国できなくなって。一カ月も足止め食らわされたんだ。その前はタヒチの孤島で、その前はマダガスカルだ。まだまだ数えたらキリがないほどある。俺があいつに関《かか》わり合いたくないのもわかるだろ?」

なんだか、壮絶な歴史だなあ。

思いがけず浅井とダニエルさんの「過去」が知れて、浅井が彼がやってきた時に「どの面下げて俺の前に」と言っていた意味がわかる。そりゃ、砂漠に置き去りにされたら、誰だって怒るよね(浅井だからいいけど俺なら死んでるって)。

うーん。それでも、やっぱ、つき合いを絶ってないところを見ると、心底は嫌ってない気がするんだけど。

しかし。…そんなコトを言ったら、浅井が本当に噴火してしまいそうだったので、やめておいた。

先にやってきたのは吉田さんだった。伊勢エビさんまでいる食卓に大喜びして、「なんのお祝い?」って聞かれたけど、俺は答えられない。観月くんが素直に、増刊決定のお祝いです、と返事してくれて、本気にした吉田さんに頑張るように励まされた。

皆は飲んでいたんだけど、俺はご飯を食べるだけなので、吉田さんが来た時点で挨拶だけして仕事部屋に入った。朝からやろうと思っていたネームに取りかかろうと思って。遅れているわけじゃないけど、観月くんの提案通り、入稿明けに実家に戻ろうと思っていたから、少しでも時間的な余裕を持とうと思ってである。

気を遣って(まあ、当然かもしれないけど)コーヒーを持ってきてくれた浅井からカップを受け取り、いつもみたいに白いB4の紙を折り曲げて見開きにしてネームにかかる。

俺の場合、プロットはほとんど走り書き程度なので、メモみたいなそれを見ながら、決まっているページ数でコマ割りをするんだけど、なかなか大変。他の人はどうか知らないけど、ペン入れ自体は作業みたいなもので、苦にならないんだけど、ネームは頭でいろいろ考えなきゃいけない。だから、余計に一人の時とかにやりたいし、邪魔はして欲しくない。途中で話しかけられたりするだけで、集中が途切れてしまって、詰まってしまうコトがあるんだ。

浅井も観月くんも、吉田さんは職業柄もちろん、そういうのをわかっているから、決してネーム中の俺の邪魔はしない。コーヒーを持ってきてくれたりしても、俺から話しかけない限り、話さないようにしてくれてるみたいだし。幸いにも、しっかりした造りのビルだから、防音されてるしね。

そんなふうに、俺がネームをやり始めて、小一時間が経った頃だった。ふと、居間が騒がしいな…と思った。浅井たち三人だけならあり得ないので、少し考えて広瀬さんが来たのかと気づく。しかし、広瀬さん一人にしては…と、思いつつ、挨拶だけはしておこうと席を立った。

浅井が入れてくれたコーヒーも空になっていたし、カップを手に仕事部屋のドアを開ける。

「こんばんは」

挨拶しながら顔を上げた俺の目前に、一人、非常に賑《にぎ》やかな人物が映った。え…？　と思い見た人は、俺に気づいて顔を輝かせる。

「加納くん！」

げ…。

そう思った時はもう遅かった。居間を賑わしていた人物…正鵠社書籍部の川口《かわぐち》氏が顔を輝かせて、俺の元に歩み寄ってきていた。

「か…川口さん…」

「仕事は終わったかい？　広瀬から連絡もらってね。急いで来たんだが、吉田くんから仕事に入ってしまったと聞いて、会えないかと残念に思っていたんだよ。マンガ家も作家と一緒でデリケートな仕事だからねえ。僕もいろいろ気難しい人を担当してきたからよくわかるよ。でも、こうして加納くんに会えてよかったよ」

わっはっは…と、肩を叩かれ、なまくらな返事をしながら浅井を見上げると、見事な仏頂面。その横には広瀬さんが、いつもの人の悪そうな笑みを浮かべながら立っていた。

俺はまさか広瀬さんが川口さんを連れてくるとは思わなくて。けど、冷静に考えたらこの二人はタッグを組んで写真集を出そうと頑張っているわけだから、全然不思議ではないんだ。広瀬さんが忙しい身の上にも拘わらず、俺の電話に二つ返事した意味がようやくわかる。そりゃ、渡りに船だよなあ。

しかし。北欧に行っていたという噂《うわさ》だった川口さんだが、戻ってきたんだ。

「ようやく、昨日、北欧から帰ってきてね。あっちの仕事も終わったし、浅井くんの写真集を真剣にやるぞと思っていたら、広瀬から加納くんからお呼びがかかったって電話だろ？まさに飛んできたよ」

ち…違うんだけどな。

そう言いたいけど、言えないムードを無理やり作られてしまっている。とにかく、立ち話もなんですから…という観月くんの提案にしたがって、寝室から予備の椅子を持ってきて、皆でテーブルについた。俺はネームの途中だったし、乾杯だけして抜けようと思っていたのだが…。

「で、加納くん。写真集の件だけどね」

ウーロン茶のグラスに口をつけた途端に、切り出された話に、思わずお茶を吹き出した。逃げ出す暇もない攻撃だ。

「そ…その件なら浅井さんに…」

言いながら浅井を見るんだけど、俺と目を合わせないように煙草をふかしている。自分のコトなのに、なんだよ。この態度は!

「いや。君さえイエスと言ってくれれば、浅井くんも出すって言ってくれてるんだ。彼にしたら最大の譲歩だと思うよ。だから、後は君さえ、君さえうんと言ってくれたら。僕の積年の思いは叶《かな》うんだが」

積年の思いって言われてても。大体、皆変だって思ってないのが不思議だよ。だって、浅井の問題なのに、なんで俺が決めなきゃいけないわけだ? 浅井が出したいなら出せばいいし、出したくないならそのままにしておいた方が無難だと思うんだけど。

それでも、やっぱり、編集さんとしては出したいものなのかな。

「けど、やっぱり浅井さんの問題だから。俺が決めるようなコトじゃないって思いますし」

説得しようとする川口さんに、はっきりと告げると、その横で煙草に火をつけている広瀬さんが口を開く。

「でもさあ、つぐみくん。こいつ、無職になったわけだし。毎日ブラブラしてんでしょ? 少しは働かせた方がいいんじゃない?」

広瀬さんの切り口は、さすがに人を騙《だま》してるだけあると思わせた(人聞き悪いかもしんないけど、騙してそうなんだもん)。だって、俺が一番気にしてるところを突いてくるなんて。

そりゃ、写真集の発行が決まれば、浅井もある程度は動かなきゃいけないだろうし、それは仕事ができるってことだろうし。売れるのかどうかは知らないけど、収入もできるってわけだ。

悩んでしまう。

浅井が出したくないって言ってたものを、俺なんかが返事していいんだろうか。俺の問題じゃないのに。

「つぐみさん。俺、いい話だと思うんですけど。前は仕事あったからあれだったけど、今は余裕あるし」

「そうだよ。別に出して悪いコトはないんじゃない?」

観月くんや吉田さんまで。そりゃ、浅井が出したいなら俺だって賛成するんだけど。

「浅井さんは? やっぱ、おかしいよ。実際、浅井さんの本なのに、俺がどうこうするなんてさ」

「俺はつぐみ次第」

平然と言う浅井を、じと目で睨んでやった。どーしてそうかなあ。

「ほら。誰も反対してる人はいないんだよ。加納くん。加納くんは何がいやなの? 要求があるなら言ってみてよ。僕、できる限りのコトはさせてもらうし。写真集だって、うちの社挙げて宣伝して、頑張って売るつもりだからさ。売れないんじゃないかって心配してるなら、無用だよ。前回なんて、まったく宣伝できなかったのに、すごく売れたんだから。いや、浅井くんの写真の場合、売れる売れないはこの際、問題じゃないんだよね。彼の写真を世の中に見てもらいたいって言うかさ。長年、編集やっていろんな本出してるけど、こんなふうに思い入れができるのって少ないんだよ。やっぱ、浅井くんの写真っていうのはね…」

熱く語る川口さんには悪いが、彼の話を真面目に聞く気力は湧かなかった。周囲が見えなくなってて、怖いくらいに心酔した様子で語る川口さんにはついていけない。

しかし。どうしたものか…と考え、横で語っているオヤジが俺がイエスと言うまでうちに通ってくるんだろうなって想像したら、倒れそうになった。今だって、すぐにも仕事部屋に行って仕事の続きがしたいのに、解放してもらえない俺。これから、忙しくなるってのに、川口さんがまたやってきたらどうしよう。

っていうか、彼ってもしかしたら毎日でも来るかも。本当はそうすると言ってたのに、北欧出張とかでできなかっただけらしいもんな。

毎日、これ？

上目遣いにチラリと見た川口さんは、まだ浅井の写真について語っている。俺はその姿を見て、心の底から諦めの溜め息をついた。

「…川口さん…」

話してる途中を、悪いとは思ったがいつ終わるかわからなかったので、小さな声で呼びかけた。川口さんはぴたっと話を止めて、オヤジのくせにつぶらな瞳を俺に向ける。

「わかりました。承諾しますから、どうぞ出してください」

もう、好きにして…って気分だった。だって、毎日これを続けられたら、俺は仕事なんて

まったくできなくなっちゃうよ。

「ほ…ほんとかい？」

「はい。浅井さん、いいんだよね？」

「つぐみがよければ」

頭の後ろで腕を組んで言う浅井は、何を考えてるのかわからない顔をしてる。けど、浅井が言い出したんだから。もう、文句は言わせない。

その後、川口さんは「よかった」を連発して、一人で場を盛り上げていた。目の前のテーブルに広がった料理の数々は、自分のためのお祝い料理だと勘違いしてるみたいに。まあ、それはそれでいいんですけど。

疲れきって、その場を抜けて仕事部屋に行った俺は、どこまでやったか忘れてしまったネーム用紙と睨めっこしていた。しばらくして描き始めようとすると、ドアがノックされる。浅井がコーヒーでも持ってきてくれたのかと思い、振り返ると、カップを持って立っていたのは、意外にも広瀬さん。

「ご苦労様。これ、浅井から」

にっこり笑いながらコーヒーの入ったカップを机に置いてくれる。俺は礼を言いながらも、なんで広瀬さんが持ってきてくれたんだろうと、不思議に思っていた。

「ありがとうね。つぐみくんがいなかったら、あの頑固者は一生うんって言わなかったよ」

お礼を言う広瀬さんに、少しびっくりした顔をして見せると、彼は心外らしくて眉をひそめる。

「俺だって礼くらい言うよ?」

「…すいません。でも、まあ、広瀬さんの言うのももっともかなと思ったんで」

「なに? 少しでも働かせろって?」

「再就職する気、全然ないみたいだし。このままじゃ、本当に主夫になっちゃいそうで」

「贅沢《ぜいたく》な主夫持ってんな。つぐみくんは」

笑いながら言われて、本当だなと頷いた。浅井が主夫なんていやだったけど。広瀬さんは、

「これから忙しくさせてやるから」と言い残して、仕事部屋を出ていった。

俺は、ふう…とひとつ深い溜め息をついて、ネーム用紙に向かい直した。皆が宴会をしていようが、何していようが、原稿だけはやらなきゃいけないからね。

ネームの一段落がついたのは明け方近くだった。思わぬ邪魔が入ったせいで全部終えるコトはできなかったんだけど、大体が終わったので、いったん寝ようとして寝室へ向かった。寝室では浅井が寝ていたので、起こさないように気をつけてジーパンを脱いでベッドに入った。

気をつけていたつもりだったのに、浅井の眠りが深くなかったのか、起こしてしまう結果になってしまった。皆は二時過ぎくらいまで飲んでいて、お開きになった後、片づけをして

いた浅井と観月くんが寝たのは三時を過ぎ、全然寝てないはずなのに、俺がベッドに入ると、浅井はすぐに目を開いた。

「つぐみ？　終わったのか？」

「起こした？　ごめんね」

謝って横に潜り込むと、肩を掴まれて引き寄せられた。うーん。こういうのはなあって思ったけど、眠かったせいもあって浅井のするままにした。

「なあ…」

そのまま寝てしまうのかと思っていた浅井が口をきいたので、俺は寝ついてしまいそうな意識を引き留める。

「ん？」

「昨日、なんで泣いたんだ？」

いきなり。忘れていたコト…しかも恥ずかしいコトを聞かれて、思わず頬が熱くなってしまう。浅井が起きたのはこれを聞きたかったから？

「なんで…って…」

わけを聞かれて、きちんと説明できるコトでもないよな。特に、張本人である浅井に、なんて言ったらいいのかなんて、考えても思いつかないよ。

なんで涙が出てしまったのか。説明するなら、浅井が自分に向けてくれる気持ちの大きさに気づいたからかな。いや、それには前から気づいてはいたんだけど、改めて実感したんだ。

そして、ちゃんと向かい合っていこうって思ったから。

「浅井さん」

「なに？」

「前も聞いたけど、なんで俺のコト好きなの？」

以前に聞いた時、浅井は特定の答えはくれなかった。とにかく好きだから…という漠然とした理由だけで。

質問し返した俺に、浅井はしばらく沈黙していた。安らかな互いの息遣いだけが聞こえる世界は、本当に悪くない。いや、明け方にこんなふうに落ち着いて話していられる自分はしあわせだなあって思ってしまうくらい。

「つぐみ、前にも聞いたよな。理由って必要なのか？」

「必要っていうか…」

必要かな？　いや、必要ではないよな。だって、そんな理由なんて聞いたとしても、どうなるものでもない。俺がそれで浅井を好きになるかどうかを決めるものでもない。

第一、浅井を好きになったとして、それがどこを好きになったかと聞かれたとしたら、俺は答えられるだろうか。それは無理な話なんじゃないだろうか。

考え直して、小さく笑って、浅井の腕の中で首を振った。

「ごめん。変な質問だった」

「俺の答えは？」

聞き返されて戸惑った。少し考えて、うまく言えないけど…と前置きしてから、口を開く。

「ダニエルさんにね…」

「ダニエル？」

名前を聞いた途端、眉間を歪める浅井。腕の中にいるから、表情は読めなかったけど、絶対そうだと思った。

「うん。ダニエルさんとこの前出かけた時、俺は浅井さんと向き合ってないって言われたんだ」

「向き合う？」

浅井に言ってもわかるかな。きっと、浅井はこんなふうに考えないだろうから。なんでもまっすぐに感情のままに動くだろうから。

「浅井さんは俺を好きだと言ってくれるけど、俺はそれを自分の中で認めてなかったんだよ。俺にとっては逃げたいコトだから」

「…難しいな」

「うん。浅井さんはこんなコト、考えないと思うよ。それでも、俺には必要なんだ」

「それで？」

「認めない自分がいやだったんだ。いやで、そう思ったら涙が出てきた」

そうか…と浅井は頷いた。浅井がわかってくれたのかは怪しいと思ったけど、浅井に言えて俺の気持ちは大分すっきりした。少しは素直になれたかなと思うほど。

浅井との関係を認めるのが怖くて、浅井が俺を好きだという気持ちさえも認めたくなかった自分は、あの場所から動けなかった。けど、「好きだ」という気持ちを受け取って、認めて、俺はこれから浅井というものを心の中で育てていくんだと思う。

浅井の胸に顔を寄せて、そっと目を閉じた。緩やかな鼓動が聞こえそうに静けさが漂っている。明け方。部屋の中は次第に青白んできている。

「まあ、なんにしても」

そんなふうに寝てしまうのかなと思った浅井が、妙にはっきりした口調で呟いたのに、俺は寝そうになっていた目を開けた。

「好きだって言ったのにつぐみがうんって言ってくれたのは嬉《うれ》しかった」

浅井の言葉に、俺は本当に真っ赤になった。顔が熱くなる。だって、あの時、浅井は夢中になってたし、気づいてないと思ってたんだ。小さな声だったしさ。なのに、浅井はしっかりと覚えてて…。

「浅井さん…知ってたの？」

「つぐみの言うコトならなんだって聞き逃さないよ」

顔を上げた俺の視界に入ったのは、いつも通りにニイと笑う浅井の顔。薄闇の中でも見えてしまいそうに、赤くなってるだろう顔をシーツに伏せる。

思えば、浅井の方が百戦錬磨で、俺が敵うわけもなかったのだ。決して、譫言《うわごと》でも、恥ずかしい台詞は吐かないぞ…と誓った朝でもあった。

昼前に起き出して、気になっていたネームの続きを片づけてしまうと、吉田さんにFAXして指示を仰いでから、下絵に入った。できれば夜から観月くんに入ってもらいたかったので、真剣に下絵を入れて、夕方に観月くんがご飯だと呼びにきてくれる頃には、半分ほど進んでいた。

「つぐみさん、ご飯ですけど。進みました？」

「うん。大分ね」

肩をコキコキ鳴らして伸びをする。同じ体勢で座ったままで仕事をしているので、肩凝りがひどくなる。外を見れば真っ暗で、時計を見たら七時を過ぎていた。冬、日が落ちるのが早くなってる。

「じゃ、俺ご飯の片づけ終わったら入りますね」

「よろしく。それとさ、観月くん。明日、浅井さんと電器屋さんに行って、適当なのでいいからFAX買ってきてくれないかなあ」

俺の突然の提案に、観月くんは驚いた顔で俺を見る。今までさんざん悩んでる姿をお目にかけてるので当然か。

「どうしたんですか？」

「いやさ、今日も思ったんだけど、コンビニに行ってる時間ってもったいないなって。せめて時間短縮できるでしょ」

「そりゃ、そうですが」

これから年末まで、締め切りが目白押しなのである。少しでも無駄を省かなくてはいけないな…と考えた上での結論だった。問題は、結論出すのが遅すぎるってコトかな。

「つぐみさんは？　一緒に行かなくていいんですか？」

「任せるよ。俺、よくわかんないし、迷うしさ。コピーはさすがに高いし、いろいろあるから年明けにゆっくり考えるとして」

「そうスね。わかりました」

頷いてくれた観月くんに頭を下げて、立ち上がり、仕事部屋を二人で出た。ちょうど、浅井が湯気の立った皿を持ってキッチンから出てきたところだった。

「ご飯、何？」

「おでんだ」

浅井の答えを聞いて、嬉しくなってしまう俺。冬のおでんは大好物で、俺としては珍しくたくさん食べられる物でもある（あくまでも、基準は俺だから大したコトはないんだけど）。喜びながらテーブルに近寄って、皿を覗いた俺は、「ん？」と思って眉間を顰めた。確かに、湯気の立った美味しそうなおでんがあるのだが、それは…。

「なんだ。関東煮か」

呟いた俺に、浅井がキッチンへ行こうとした足を止めて振り返る。

「関東煮？　おでんじゃないのか」

「おでんだよ。関東の」

そう言う俺に、浅井はさっぱりわからないようで、不思議そうな顔でテーブルに戻ってくる。基本的に外国人の浅井だ。わからないのは無理もない。

浅井が作ってくれたのは、濃いお出汁で煮て味つけされてるおでん。関東地方のおでんはこういうのが基準みたいで、うちの方では関東煮と言っていた。芥子《からし》だけをつけて食べるんだけど、まあ、これはこれで悪くないとは思う。

「また違うのか？」

浅井が「また」と言ったのは、味噌汁の件も含めてのコトだろう。味噌汁は毎日だから我儘を言ったけど、おでんは時々だし、別に関東煮でも食べられるので、深く言わないでおこうと思った。

「いいよ。こういうのも食べてたし」

「じゃ、つぐみの普通はどういうのだ？」

見た目では考えられないほど、ご飯に対して凝り性な浅井。特に、俺に食べさせる物に関しては、吟味を重ねてるってふうで、申し訳なさ半分、鬱陶しさ半分。俺が食に興味が持てる人間なら、ありがたい限りなんだろうけど。

「うちはさ、味噌かけて食べるんだよね」

「味噌？」

「田楽にかけるみたいな、甘い味噌」

「あっちって味噌カツとかもありますもんね」

観月くんの言葉に、浅井は衝撃を受けた顔で彼を見返す。

「カツってトンカツにまで味噌かけるのか？　八丁味噌を？」

「ですよね？　小さい頃に食べた気がするけど、黒かった気が」

「うん。たぶんそう」

浅井は「そうか…」と呟いて、カルチャーショックを隠しきれない顔つきでテーブルの上のお皿を持ち上げた。何するのかな…と思ったら、味噌だれを作るから待ってくれと言う。

「いいよ。浅井さん。そのままで食べるし」

「いや。作る」

意地になるコトじゃないと思うんですが。それに、濃く味つけしてある関東煮に味噌かけたら、味が濃すぎるよ…。

だが、真剣な様子の浅井にそれ以上は何も言えなくて、観月くんと二人で顔を見合わせて苦笑した。いったん仕事部屋を出てしまったので、ご飯を食べるまで居間にいようと、椅子に腰かけた時、廊下のドアが音もなく開いた。振り返れば、ダニエルさんが立っていた。

「ただいま」

思えば、ダニエルさんに会うのは外でご飯を一緒して以来。すれ違いが続いていたんだ。

「お帰りなさい。お仕事ですか？」

だ。
くんはダニエルさんの上着を受け取ると、寝室にハンガーを取りにいく。完璧なお付きぶり
と聞く観月くんに頷いてみせ、ダニエルさんは上着を脱いで俺の前の席に腰かけた。観月
「ダニエルさん。ご飯は？」
「仕事中なんですが、ご飯を食べようと思って」
「ああ。つぐみは？」

「青士は…何してるんだ？」
キッチンを覗いて、真剣な横顔の浅井を見て、ダニエルさんが不思議そうに聞いてきた。
一心不乱に味噌だれを作る浅井の姿は、不思議以外の何物でもない。
「ご飯を…作ってるみたいなんですけど」
詳しい説明はやめて、曖昧に笑っておいた。本物の外国人であるダニエルさんに、日本各
地のおでんの違いを説明する気力は、仕事中の俺にはない。
上着をハンガーにかけて、居間の壁際に吊《つる》す観月くんにお茶を頼んでいるダニエルさんを
見ていたら、先日彼に言われたコトを思い出した。
ダニエルさんにお礼…なんて、変だよね。けど、彼があぁ言ったのは、よく考えれば俺を
心配して言ってくれたと思うんだ。浅井はダニエルさんにヒドイ目にあったと、彼をけなし
てるけど、心底悪い人には見えないんだ。
ぼうっと考えてると、キッチンから浅井が皿を持って出てきて、座っているダニエルさん

に目を留めた。

「なんだ。帰ってきたのか。お前の分はないぞ」

「いいよ。観月に頼むから」

「はい。ご用意します」

この三人の関係もなんだかなあ。浅井は片眉を上げて、キッチンに走っていく観月くんを見てから、俺の前に再挑戦といった感じで皿を置く。

「つぐみ。これでどうだ？」

味噌だれのかかったおでんに、俺は申し訳なさいっぱいで（浅井の趣味とはいえ）、頷いて頭を下げた。浅井は満足げな顔をして、ご飯やお汁を用意するためにキッチンへと踵《きびす》を返す。

その時。玄関のベルが鳴った。

「誰だろ？」

吉田さんが来る予定にはなってない。それに、昨日、うちで宴会が催されていたから、今日は誰も訪ねてこないはずなんだけど。川口さんも納得して帰ったし。

疑問を持ちながら、浅井と観月くんがキッチンにいるので俺が玄関へと向かった。想像もつかない来客相手に、そっと玄関のドアを開けると、そこには。

「夜分に失礼します」

きちんとしたスーツ姿で、頭を下げて立っていたのは、ダニエルさんの会社で会った、あの鹿島さんだった。

「え？　鹿島さん？」

「こんばんは。加納さん。社長はおりますか？」

聞かれて首を縦に振ったけど、どうして目の前に鹿島さんがいるのかわからなかった。だって、あの時、鹿島さんはダニエルさんには会わないって言っていたと思うけど。それが、どうしてわざわざ訪ねてくるんだろう？

「今、帰ってきて、これからご飯なんですけど」

「突然申し訳ありません。どうしても、急用でお会いしたいので」

鹿島さんの顔は真剣で、しかも明るいモノではなかった。俺は、いやな予感を覚えながら玄関のドアを大きく開ける。鹿島さんを無言で招き入れて、居間へと案内した。

後ろを歩く鹿島さんが気になってしようがなかった。俺の頭の中では、「会わないんですか？」と聞いた俺に、答えを濁した彼の顔が浮かんでいた。あの時の顔も明るいものではなくて。

しかも、急用、という言葉にはいい意味は浮かんでこない。

居間のドアを開けると、真正面に座っていたダニエルさんと目が合った。戸惑いながら、後ろをついてきていた鹿島さんのために身体をずらすと、ダニエルさんの顔色がすぐに変わっていくのがありありとわかった。

「何しに来た？」

居間に鹿島さんが入った途端、ダニエルさんは冷たい声で言い放つ。確かに、これじゃ、会うのは逆効果だと言っていた鹿島さんの言葉も納得できるな。

「ダニエルさん。鹿島さんはお話があるって……」

「なんで、つぐみがカジマを？……ああ。社にいたのか。カジマ、いつからこっちに来ていた？」

「三日ほど前です」

「私に黙ってか？」

ダニエルさんのきつい口調に、鹿島さんは俯いて黙っていた。言いたいコトを耐えている様子に、俺が眉間を歪めてダニエルさんを見ると、彼も厳しい顔つきをしている。それを見て、ダニエルさんも鹿島さんの立場をよくわかっているのだろうなと感じた。

「カジマ！」

来客に気づいた浅井が、観月くんと共にキッチンから出てきて、鹿島さんの姿を見るなり声をあげる。鹿島さんの言ってたように、やっぱり知り合いなんだ。

「お久しぶりです。青士様」

「元気そうだな。どうしてお前が日本に？　ああ。このバカ迎えにきたのか。いいぞ。すぐ連れ帰ってくれ」

「青士」

眇《すが》めた目で睨まれても一向に動じない浅井はさすがにつき合いが長いだけある。ダニエルさんが睨むと、顔が綺麗すぎるので、異様な怖さがあるんだよね。

「私は帰る気はない。お前が来ても帰るわけがないとわかっているはずだ」

「はい」

鹿島さんに言うダニエルさんは、彼よりはるかに年下だと言うのに、貫禄ある物言いは、小さい頃から人に命じるコトに慣れてるからなのか。俺なんか、黙って聞いている鹿島さんが信じられないし、ダニエルさんの物言いにも冷や汗を感じてしまう。

「カジマ。せっかく来たんだから、飯でも食ってけ。ちょうど、できたところだ」

「そんな必要はない」

「文句があるなら、お前が出てけ」

相変わらずの言い合いを二人はしてるんだけど、俺は先日の鹿島さんの発言を知ってるだけに、気になってしようがない。鹿島さんの横顔は明るいモノではないし、二人とも気づかないのかなあと思って、鹿島さんをもう一度見ると、目が合った。

「鹿島さん。ダニエルさんに用があるんですよね」

「はい」

苦笑して答える鹿島さんの雰囲気に、さすがに浅井もダニエルさんも口喧嘩をやめた。鹿島さんは、沈黙の中、とても言いにくそうに口を開く。

「申し訳ないのですが、ボストンに帰ってきてはもらえませんでしょうか」

「いやだ」

ここまで来ると子供の我儘？　いや、元からそうなのか。顔を逸《そ》らすダニエルさんに、浅井が文句を再開しようとした時、鹿島さんが沈痛な面もちで続けた。

「旦那様が…。倒れられたと連絡が入りました。ここのところ体調を崩されていて、東京での会議にも出席が不可能だったので、私が来たのですが、先ほどボストンから連絡がありまして…、危篤状態だそうです」

沈黙が流れる。さすがのダニエルさんも何も言い返せずに立っていた。能面のように表情を硬くして。浅井もだ。もちろん、観月くんや俺も。

社長室で、鹿島さんが漏らした、旦那様という言葉は、ダニエルさんのお父さんを指していたんだ。日本にダニエルさんの所在を確かめにきたのは、ダニエルさんのお父さんの具合がよくなかったから。

誰も何も言えなくて。鹿島さんがもたらした突然の話に、俺たちはしばらくそうして突っ立ったままだった。

君が好きなのさ Ⅷ

彼《か》の人のさいわい

なんとなく、沈黙が流れる中で原稿は進んでいた。真夜中過ぎ。下絵も終わり、観月《みづき》くんが枠線を入れてくれたページからペン入れを進めていた。俺たちは作業に没頭しているようで、していなくて。二人ともが話したいのか、話したくないのかわからない、複雑な心中だったんだと思う。

ちょうどペンを入れていたページが終わり、コーヒーを飲もうとしたらカップが空だった。

「あのさ…」

「あの…」

顔を上げて観月くんに話しかけると、同じタイミングで彼も俺に話しかけるところだった。観月くんのための机が来て、それまで川に面していた俺の机を反対に向け、観月くんの机と対面した形に変えたので顔を上げると観月くんがすぐ見えるようになっている。俺が苦笑すると、観月くんも同じような笑いを浮かべた。

「コーヒー入れようかなって思ったんだけど」

「あ、じゃあ、俺が…」

「いいよ。観月くんは？」

カップに差し出された手を制して聞く。悩むような顔つきに、観月くんが言いたいのは自分と同じことだって知った。

「ダニエルさんのことだよね？」

確認するように聞くと、観月くんははっとした顔になり、その後、長い首を頷《うなず》かせた。

「どうなさってるかな…って思って」

「うん。俺も気になってる」

あの後…。

ダニエルさんの実家の世話をしているという鹿島《かじま》さんが突然現れて、ダニエルさんのお父さんが危篤だと告げた後。ダニエルさんは鹿島さんを伴って出かけてしまった。元から能面みたいに表情のあまりない顔が、もっと固まった顔になり、俺たちや浅井《あさい》にさえも一言も話さず出ていってしまったんだ。

さっさと行ってしまうダニエルさんの後ろ姿を目で追いながら、鹿島さんは礼儀正しく「またお礼に伺います」とお辞儀をして去っていった。それから、俺たちは話の内容が内容だけに何も言えなくて、できることも何もないので、そのまま仕事に入ってしまったんだけど…。

「お父さん、大丈夫なんでしょうか？」

「どうかな。危篤って聞いただけじゃ…。病名もわからないし」

「危篤ってことは相当悪いんですよね」

「だよね…」

大体、あんなに意固地になっていたダニエルさんがすんなり帰っていったところを見れば、やっぱり彼自身がヤバイって思ったからだと思うんだ。判断能力に長《た》けている人なんだと思うし。だから、あまり考えちゃいけないことかもしれないけれど、最悪の事態を想像してしまう。

浅井はダニエルさんが行ってしまい、俺が仕事に入るって言うと、頷いただけで何も言わなかった。考えている様子はダニエルさんのお父さんを知っているのかな…と思わせた。だって、一緒に実家で暮らしてたって言うんだから。本人を知っていたら心配の度合いも増すんじゃないだろうか。

観月くんとポツリポツリ会話を交わしても話の発展のしようがないため、俺は彼の分のカップも持って仕事部屋を出た。観月くんがやってくれると言ったけど、なんだか気分転換したくて。

居間に出ると浅井の姿はなかった。寝室で寝ているのかな。時刻は三時を過ぎている。用のない人間が起きている時間ではないか。

台所で薬罐《やかん》に水を入れて火にかけ、コーヒーのフィルターに粉を入れていると、ふと大きなお鍋《なべ》に目がいった。中にはおでんが入っている。夕飯に浅井がおでんを作ってくれたのだが、鹿島さんの突然の訪問があり、なんだか中途半端になってしまった。鹿島さんとダニエルさんがいなくなった後、夕飯を再開したけど食欲がなく、それは浅井や観月くんも同じだったようで、早くにお開きになって仕事に入ったのだ。勿体《もったい》ないから明日食べなくては…と思いながら、沸いたお湯でコーヒーを入れて仕事部屋に戻った。

た。観月くんにカップを渡して、後どれくらい進めてから寝るか、仕事の段取りを打ち合わせた。観月くんがいてくれるので、何かあっても原稿だけはちゃんと進んでいく。ありがたいな。

コーヒーを一口飲んで、ペン入れを再開した時、観月くんがポツンと言った。

「寂しくなりますね。ダニエルさんがいなくなると」

俺は小さく頷いた。観月くんはダニエルさんの世話をしていて、彼を慕っていたのだから当然寂しく思うだろう。そして俺も、嫌がらせされたりしたけど、実はいい人なんじゃないかって思いかけてた時だったから。

前に来て去っていった時には、観月くんはともかくとして、俺はまったく寂しさなんて感じなかったのに。むしろほっとしたくらいで。やっぱり、過ごした時間の多さが寂しさに比例するものかな。ペン入れを進めながら、そんなことを思っていた。

一区切りを終えてとりあえず寝ようと、観月くんは三階に、俺は寝室に向かった。ベッドでは浅井が寝ていた。起こさないようにそっと潜り込み、眠りにつく。寝る前に起きる時間を十二時に決めて、目覚ましをセットして寝た。浅井が起きていれば頼むんだけど寝てたし。

その目覚ましの音で起きた時、浅井は当然のことだけどベッドからいなくなっていた。寝起きでぼうっとした頭はまだ睡眠を欲しがってるけど、仕事中に寝られるだけでもありがたいと思わなきゃ…と、自分に気合いを入れてベッドから降りる。Tシャツの上にシャツを羽織って、ジーパンを穿《は》いて居間に出ると、観月くんがもう起きてて、テーブルの上にお皿を置くところだった。

「つぐみさん、ご飯食べます?」

「ちょっと…後で食べるよ。歯磨いて仕事する」

キッチンを覗《のぞ》けば浅井がいて、包丁を手にジャガイモを剝《む》いている。俺と観月くんの会話に顔を向けて、後で食べると言ったのが気に入らなかったように顔を顰《しか》めて言った。

「少しくらい食った方がいいぞ。昨日も晩飯ハンパだったし」

「…うん。じゃ、そうする」

浅井の顔がマジな時には逆らわない方がいいか…と頷き、洗面所に行って歯を磨いて居間に戻った。すでにテーブルの上には食事の用意がされていた。中央にはおでん。朝から(正確には昼なんだけど)おでんはヘヴィだと俺は思うけど、浅井も観月くんも朝から焼き肉でも平気な人たちなので、俺の気持ちなどわかってくれるわけもない。

それでも優しい観月くんは「食べなくていいですから」と、俺の気持ちを汲《く》んだことを言ってくれて、ありがたさに感謝してご飯と味噌《みそ》汁、漬け物を少し食べて仕事部屋に入った。浅井はあまり食べない俺にいい顔はしなかったけど、食べただけでマシとでも思っているのか、何も言わずに仕事部屋に行かせてくれた。

食事の間、ダニエルさんの話が出ることはなく、俺も観月くんも話をしたかったんだけど、なんだか浅井の口数が少ない気のするのは、気になってるからじゃないかと思って、二人ともが様子を窺《うかが》ってるだけで。いつも通りのようなそうでないような、妙な空気の流れた食事だった。

片づけを浅井に任せた観月くんも仕事部屋に来て、二人で作業を進め、原稿は順調にでき上がっていく。夕方にはペン入れもあとわずかになっていた。

「そろそろご飯にしますか?」

観月くんの言葉に顔を上げると、時計は七時過ぎを指していた。俺は頷いて、ペンを置いて伸びをした。ずっと同じ体勢で仕事をしているから肩が凝ってしまうんだ。ペン入れも残り三枚。面倒なところばかり残してしまったから、ちょっと時間がかかるな。今日中に終わって、明日を仕上げに当てて、なんとか明後日《あさって》の朝にはできるだろう。

そんな目算を立てていた時、居間から浅井の声が聞こえてきた。仕事部屋に聞こえてくるほどの大声。それが「ダニエル!」と聞こえたものだから、俺と観月くんは顔を見合わせて、慌てて立ち上がって仕事部屋のドアを開けた。

居間には、キッチンから出てきた驚き顔の浅井と、ちょうど廊下側から入ってきたダニエルさんがいた。

ダニエルさんが…なんで?

三人ともがそういう気分だった。だって、ダニエルさんはお父さんが危篤だと聞いて、アメリカに帰ったはずで。だけど、俺たちの疑問や心配をよそに、彼は平然とした顔で口を開く。

「夕飯はまだか？　ちょうどよかった」

え…？　と、口を開けたままの俺や観月くんをおいて、先に話し出したのは浅井だった。

「お前、帰ったんじゃなかったのか？」

穏やかとは言い難い口調で浅井が言うのも聞いてないみたいで、ダニエルさんはいつも座っている椅子《いす》に座った。浅井は苛《いら》ついたようにその前まで行く。

「カジマは？」

「帰ったよ」

「お前は一緒に帰らなかったのか？」

「持ち直したんだ。私が帰る必要もないだろう？」

肩を竦《すく》めて言うダニエルさんの言葉に、俺と観月くんはとりあえずほっとした。最悪の状態にならなかっただけでもよかったと思って。だけど、浅井は表情を緩めることなく、ダニエルさんに厳しい口調で言った。

「帰れ」

今まで何度となく、ダニエルさんに浅井が帰れって言うのは聞いてきたけど、こんなにはっきり厳しく言うのは初めてだ。俺は思わず緊張してしまう。そんな雰囲気を読めてないわけはないと思うんだけど、ダニエルさんは変わらない口調で浅井に言い返した。

「青士《せいじ》だって知ってるだろう？　いつものことだ。危篤だと聞いて帰ってたんじゃ、何度帰ればいいか知れたものじゃない」

「カジマをよこした意味がわかってないわけじゃないんだろ。お前に帰ってきて欲しいんだ」

「じゃ、自分で来ればいい」

「ダニエル！」

低い威圧的な声に、ダニエルさんはさすがに口を閉じて浅井を見上げた。互いに険しい視線を向け合ってる二人に、どうしたらいいのかわからなくて、俺も観月くんも黙ったまま見ているしかなく。少しの間沈黙が流れた後、浅井が諭《さと》すみたいにダニエルさんに言った。

「少しは考えろ。クリフが悲しむぞ」

浅井の言葉に、ダニエルさんははっとした表情を見せ、眉《まゆ》をひそめて浅井を見つめていた。けれど、それはほんの一瞬のことで、すぐに無表情な顔に戻って椅子から立ち上がり、居間を出ていってしまう。

「ダニエルさん！」

俺たちに何も言わなかった彼を追うように観月くんが呼びかける。浅井の顔を見て彼は迷ってたけど、俺が追うようにと腕を押すと、ダニエルさんを追って居間から走り出ていった。浅井は苦々しいというよりは、完全な無表情で椅子に座って煙草《たばこ》を取り出した。でも、そんな無表情の時はかなり機嫌が悪いんだ。それでも浅井は決して人に当たるようなことはしないけど、少し窺うみたいに聞いてみた。

「いいの？　こんなふうに…」

「いいんだ。観月がフォローしに行っただろ」

「でも」

「俺があれくらい言わないと、帰りゃしねえからな。あの強情っぱりは」

そりゃ、そうだよな。

苦笑して浅井の前に座った。煙草に火をつけて吸い込む顔は何を考えてるのかわからないように見えるけど、ダニエルさんを心配してるのは確かだろうな。浅井が言ってるのはもっともな話だ。どういう事情があるのか知らないけど、やっぱり親が危篤状態になるくらい調子が悪いっていうなら、帰ってあげた方がいいと思うんだよね。

追いかけていった観月くんは大丈夫かな…と廊下のドアを振り返った時、ふと、思った。

浅井がダニエルさんに言った台詞《せりふ》。それで彼は顔色を変えて出ていってしまったわけだけど。

クリフって誰だ？

前は浅井がどれほどいやみや文句を言っても帰らなくて、今日だって、浅井の様子は真剣だったけどダニエルさんは代わり映えしない調子で、一波瀾《はらん》あるかと身構えた俺だが、意外にもダニエルさんはすぐに帰ってしまった。それも浅井が最後に言った一言が原因だと思う。顔色をすぐに変えるなんて、ダニエルさんにはないことだし。

浅井に聞こうかな…と思ったんだけど、絶対に俺が知らない相手だし、二人の共通の知り合いってのは二人の過去にも通じてるんだよなって思ったら、なんとなくすっと言葉が出てこなかった。そのうちに、浅井が「飯にするか」と言い出して台所に行ってしまったので、言葉は飲み込まれた。なんだか、変な遠慮だとは思ったけど。

それから十分後くらいに観月くんが一人で帰ってきた。なんとなく浅井の前で詳しい話も聞けなくて、後で仕事場で聞こうと思った。観月くんがキッチンに入ってる浅井に気づき、慌てて手伝いにいくと、

「ありがとうな。観月」

照れたような笑いで言った様子に、やっぱりダニエルさんを心配してるんだろうけど、浅井はストレートに言えないんだな…と感じた。観月くんも同じように思ったみたいで、恐縮して「いえ」と首を振る。

大根とイカの煮つけ。ほうれん草とベーコンの炒《いた》めもの。カボチャのコロッケ。筑前煮《ちくぜんに》。…なんて、ありがたい夕食を食べて、俺と観月くんは仕事に戻った。後から入ってきた観月くんはコーヒーを持ってきてくれて、俺はそれを受け取りながら彼に気になってた件を聞いた。

「ダニエルさん、どうだった？」

観月くんはカップを置き、少し笑って答える。

「一階付近で追いついたんですけど、タクシーを拾うと言われるので、通りまで一緒に行っ

て」

「帰るって?」

「みたいでした。口数少なかったんですけど、浅井さんの言ってることは間違ってはいないって。俺に…つぐみさんにもありがとうって言ってました」

「そう」

なんだろう。鹿島さんが来ても納得しないで、一人で帰したって話なのに、それが浅井の一言で素直に帰るなんて。やっぱり、浅井が言った台詞に意味があるような気がした。

観月くんも俺も、危篤と聞いて突然帰ったままでなく、お父さんの無事を聞いたし、ダニエルさん自身に一度会えたので、なんとなく前よりは気分的にすっきりした。寂しさを感じるのに変わりはないけど、心配な心が少しは減って。

その日も仕事を順調に進めて、ペン入れを全部終えてから明け方近くに寝た。明日は観月くんと仕上げを進めれば、うまくいったら終わるかもしれない。本当に、いろいろ気にかかることがあっても、仕事だけはやっていかないと困った事態になるからね。

そして、次の日。昼頃起きてご飯を食べ、仕事に入っていた三時頃のこと。居間の電話が鳴り響く音に顔を上げ、俺宛だろうと思い席を立った。そろそろ吉田《よしだ》さんから電話が来る頃だと思って。

観月くんにFAXを買ってきてくれるように頼んだんだけど、ダニエルさんのことがあって実現していない。とりあえず入稿明けまで待って、もう一度頼もうかな…と考えつつドアを開けると、電話はまだ鳴っていた。浅井がいると思ったんだけど、居間を見わたし、キッチンを覗いても、姿はなし。出かけたのかな。

「はい？」

吉田さんだと思って受話器を取った俺の耳には、予想もしない人の声が聞こえてくる。

『つぐみか？』

流れてきた声は聞き覚えのある声。まさか…という気持ちで聞き返す。

「ダニエルさん？」

びっくりして目を丸くしたのも無理はない。昨日、素直に帰っていったはずのダニエルさんが家に電話してくるなんて思ってもみなかったから。

「どうしたんですか？」

『仕事中か？』

「そうですが」

『抜けられないか？　話がある。少しでいい』

ダニエルさんが俺に話？　しかも抜けるって一体…。

「ダニエルさん、どこにいるんですか？」

『屋上だ』

屋上!?　俺は再び驚いて「今行きます」と焦って返事をすると、受話器を乱暴に戻した。

屋上に急いで行こうとして、観月くんに言おうか迷ったけど、とりあえず行ってこようと思い、そのまま部屋を飛び出した。最上階の四階から階段を駆け上がり、ドアを勢いよく開けると、目の前に手摺《てすり》に寄りかかっている人の姿。

「つぐみ。悪いな。仕事中に」

屋上に吹く風に、いつも綺麗《きれい》に撫《な》でつけてある髪が乱れて、少し面差が若く見える。いつも通りのきちっとした高そうなスーツ姿。本当にダニエルさんが屋上にいたことに、改めて驚いて、屋上のドアを閉めるのもそこそこに彼に近づいた。

「ダニエルさん？　なんで…こんなトコにいるんですか？　話なら下でも…」

「青士が帰ってくるとややこしいだろう。今はいないみたいだが…」

上がってくる時に駐車場でも覗いたんだろうか。確かに部屋に浅井の姿はなかったけど。

「アメリカに帰ったんじゃなかったんですか？　昨日、観月くんにそう言ったって聞きましたけど」

「明日帰るよ」

そう言うダニエルさんの顔は無表情で、彼が寂しく思ってるのかどうかはわからなかった。

ダニエルさんみたいな人は慣れっこなのかな。こういうふうな出会いと別れみたいなものは。日本とアメリカなんてすごく離れていて、遠いように感じるけど、ダニエルさんにすればすぐに会える距離の範疇《はんちゅう》なんだろうか。

俺は複雑な心中でダニエルさんの言葉に頷いた。頷くしかないってのが本当だったけど。

「青士に帰れって言われたからね」

「それは…ダニエルさん…」

「わかってるよ。つぐみ」

少し苦笑するみたいに口唇《くちびる》の端を上げる。浅井はダニエルさんのためを思って言ってるんだって言いたかったけど、彼は十分にわかっているようだった。浅井に帰れと言われたから帰る…というのは、素直になれないダニエルさんの譲歩、といったところだったんだろうか。

それを浅井はわかってて、あんな言い方をしたのかもしれない。

「あまり時間がないから単刀直入に言っておくが、話というのは青士の仕事の件だ」

「仕事…」

ドキリとした胸を押さえてしまいそうだった。ダニエルさんからの話…と聞いて、想像もつかなかったけど、まさか浅井の仕事の話なんて。自分が仕事中で忙しくしているものだから、すっかり忘れていた。

「前に言っていた通信社の話。この間、つぐみが会社に来た時も電話があったと言っただろう？　あの話はまだ生きてる。それで…だ」

一区切りをつけて、ダニエルさんは俺を見据えた。綺麗な青い瞳。いつも吸い込まれてしまいそうだと思う。

「つぐみの気持ちはわかる。それでもあえて言わせてもらうと、青士はこの仕事を受けた方がいいと思うよ」

ドキリとした胸の高鳴りがそのまま最高潮に達していく。ダニエルさんが真面目《まじめ》な顔で真剣な口調で言っているのも、動悸《どうき》を高めている原因だった。こんなふうに諭すように言うなんて、彼が嫌がらせやいい加減な気持ちで言ってるんじゃない。浅井のためを思って言ってるんだって、そう思わせられて。

「つぐみは日本にいる青士しか知らないだろうけど、青士はあれでかなりの能力がある人間なんだ。アラブやヨーロッパでは彼を必要としている人間も多い。元々あっちで育った人間だからね。私は正直、勿体ないと思うんだ。青士のような人間が何もせずに過ごしているのも、能力を発揮できない地域にいるのも」

「でも…浅井さんは…」

我ながら弱々しいと思える声でダニエルさんに言いかけた言葉は、最後まで言えなかった。前に浅井に仕事の話をした時、彼は俺の側《そば》にいさせて欲しいと言った。それは、俺が心の底で望んでいた言葉で、否定しながらも、浅井に側にいて欲しいと思っているから、そんな台詞を吐いた浅井に俺は頷いた。

どこかで間違っていると思いながら。

ダニエルさんの言ってることは正しいんだと思う。俺だって、浅井はちゃんとした彼のフィールドで働いた方がいいって思ってるから。けど…。

迷いの中で、俺は言葉を失ってしまったんだ。

ダニエルさんはそんな俺をじっと見ていたが、強い風に煽《あお》られた髪を掻《か》き上げ、笑った。

それは意外なほどに優しい笑みで、俺はダニエルさんがそんなふうに笑うなんて知らなくて、思わず見とれたまま突っ立っていた。

「つぐみ。急がなくていいよ。ただ、覚えていて欲しくて、言っておこうと思ったんだ。いずれ、つぐみの気持ちがちゃんと固まって青士のことを想えるようになったら、離れていても大丈夫だって思えるようになったら、考えて欲しい。青士にはいつだって仕事はあるからね」

笑みを浮かべたままそう言うと、ダニエルさんは時計を見た。小さく「時間だ」と呟《つぶや》くと、俺を見て出口の方へと促す。ダニエルさんと肩を並べて歩きながら、考えに没頭していて口のきけない俺にダニエルさんがつけ加えるように言った。

「つぐみにも観月にも感謝している。ここで生活を送れてよかった。ありがとう」

屋上の出口で、ドアを開けながらダニエルさんを見上げた。その表情を見たら、鹿島さんが言っていた台詞を思い出す。ダニエルさんがリラックスしていると言った鹿島さん。鹿島さんは大袈裟《げさ》のように思ったけど、それは本当だったんだ。ダニエルさんは寂しいって感じないのかと思ったけど、彼は表に出さないだけで、そう感じてるんじゃないかな。

俺たちと同じように。

「俺も…よかったです」

小さく返した言葉にダニエルさんが苦笑する。

「本当か？　迷惑だと思っていただろう」

「え…それは…まあ、初めの方は…」

「…つぐみ。少しは嘘《うそ》というものを覚えた方がいい」

いつもの無表情な顔に戻って言うと、ダニエルさんは俺が開けたドアから屋上を出た。その後について中に入り、金色の頭ののった背中を見ながら、あんなに遠く感じたダニエルさんを親しく感じている自分に気づいていた。


浅井に会っていかないのか？　と聞くと、突然別れるのには慣れているからと言われた。先日浅井が言ってたのが本当だとしたら、そりゃ、慣れてるはずで。下まで送るって言ったんだけど、仕事中の俺を気遣ってくれたのか断られた。四階の踊り場で降りていくダニエルさんの姿が見えなくなってから部屋に入った。

「つぐみさん。どこに行ってたんですか？」

居間に入ると、観月くんが不思議そうな顔で俺に聞いてきた。電話を取るために仕事部屋を出た俺が長いこと戻らないので、心配して出てきたらしい。

「ごめん。実はさ…」

ダニエルさんと屋上で会っていた話をすると、観月くんはほっとしたように頷いた。

「やっぱり、帰られるんですね」

「うん。明日帰るって」

「もう、いらっしゃらないんでしょうか」

観月くんの言葉に首を傾《かし》げる。ダニエルさんは何も言わなかった。あんなに忙しそうな人だから、先の予定も立たないのかな。でも、前はまた来るって言ってちゃんと現れたわけだし、言わないってのは来ないつもりなんだろうか。

二人で「また会えるといいね」なんて言い合って、観月くんにコーヒーを入れるのを任せて、仕事部屋に戻ろうとすると、また電話が鳴る。出れば、今度こそ吉田さんだった。原稿の進み具合を伝えて、明日には終わりそうなのでまた電話をくれるように頼んだ。

二人で仕事に戻ってしばらくして浅井が帰ってきた。顔を覗かせた浅井は夕飯の買い物に行ってた様子で、晩ご飯の時間を聞いてきた。なんとなく、ダニエルさんが来たって言えなくて、希望の時間だけを告げた。観月くんは口を出す気がないようだけど、浅井に言った方がいいものか。ダニエルさん的には会いたくなかったみたいだし（説教が待ってるからかな）。

夕飯の時も、結局ダニエルさんのことは言えなくて、仕事に戻った。明け方にはほぼ終わり、あと少しだけ残っているところは面倒な箇所だったので起きてからやり、夕方に吉田さんに渡すことにして、二人ともとりあえず寝ようと仕事部屋を出た。

寝室に入るとベッドで浅井が寝ていた。壁の方を向いて寝ている後ろ姿を見ながら、浅井と話がしたいな…と思ったけど、時刻は世間的には明け方。仕事中、すれ違いになってしまうのは仕方のないことだとわかっているけど。起きたら話をしようと思い、ベッドにそっと入って浅井の隣で眠りについた。

昼前に起きようと思い、目覚ましをセットして寝たんだけど、その音では目は覚めなかった。俺が起きたのは俺の名前を呼ぶ声。

「つぐみさん」

はっとして目を開けると明るい。起き上がれば観月くんがベッドの横に立っていた。浅井が起こすならともかく、観月くんが寝室に入ってきて起こしてくれるのは珍しい。俺は不思議な気分で髪を掻き上げて聞いた。

「え…？　どうしたの？」

「すいません、起こして。俺、ちょっと出かけてきていいですか？」

「出かけるって…どこに？」

「ダニエルさんの見送りです」

見送り？　観月くんの言葉に驚いて、ベッドから足を降ろすと、観月くんが説明をつけ加える。

「浅井さんが成田まで行くって言うんで、俺も一緒に行かせてもらおうと思って」

「ダニエルさんから連絡があったの？」

「いえ。浅井さんが…」

浅井がなんで知ってるんだろう。不思議に思いながら、「俺も行くよ」と言ってクローゼットに行き、着替えを取り出した。観月くんに先に出てもらい、ジーパンを穿いて上着を持つと、居間に出た。居間ではキイを手にした浅井が立っていた。

「つぐみ。仕事はいいのか？」

「うん。いつの飛行機なの？」

「二時だ」

時計を見れば十二時近く。間に合うのかな…と思いつつ、三人で部屋を出て階段を降り、隣の駐車場に停《と》めてある浅井の車に乗り込んだ。

「浅井さん、なんで知ってんの？」

ダニエルさんが今日帰ることも知らないと思ったのに。俺の質問に浅井は「まあ、いろいろあって」と言葉を濁し、車を進めていく。けど、浅井もあんなふうに別れたのが気にかかっていたんだろうか。

「つぐみまで来なくても。見送りに行くなんて。仕事、大丈夫なのか？」

「後少しだし、なんとかなるよね。観月くん」

「ええ。今日渡すのは無理かもしれませんが、明日でもいい原稿なんで」

「あんな奴、見送りなんてしてやらなくてもいいんだがな」

煙草を口の端に咥《くわ》えて言う浅井の横顔を見ると、結構マジな顔だった。なに？　浅井はダニエルさんと言い合いして別れたままなのがいやで、見送りに行くんじゃないのかな。浅井がダニエルさんを見送るなんて、やっぱり気にかけてる証拠だと思ったのに。

それに観月くんの説明によると、浅井は自ら観月くんを見送りに誘ったのでなく、出かける様子だった浅井に行き先を聞いた観月くんが一緒に行きたいと言ったらしい。それから俺に確認を取りにきたのだ。だから、浅井から見送りに誘ったわけじゃないみたいだった。

浅井は見送りのつもりで行くんじゃないのかな？　そんな疑問を抱きながら、車は高速に乗って成田に向かった。幸い、渋滞もなく進み、空港で駐車場に車を停め、搭乗ゲートへと向かう。

海外旅行をしたこともない、地方出身者の俺はもちろん、成田空港なんて初めてで。大勢のスーツケースを持った人の波に浚《さら》われてしまいそうになりながら、さっさと歩いていく浅井についていった。観月くんは矢島《やじま》先生のところでアシをしている時に、社員旅行みたいな感じで海外に連れていってもらったことがあると言って、俺を驚かせた。嘘…って感じである。

浅井の背中だけを頼りについていった先は、航空会社のチェックインカウンターだった。観月くん曰《いわ》く、ここで手続きをしてから出国審査を受けて飛行機に乗るらしい。浅井は時計を見て、「そろそろ来るか」と呟いた。ダニエルさんが空港に来る時間までわかるのかな…と思っていると。

「大体、あいつはいつも一時間くらい前に現れるんだ。チャーター機じゃない限りな」

浅井の言葉に、チャーター機って総理大臣とかが乗るヤツ？　と思ってしまった俺は、根っからの庶民かもしれない。

浅井の言葉が現実となったのは、それから五分も経《た》たない頃だった。背の高い浅井と観月くんが二人で同じ方向を見るので振り返ると、公衆の場でなおさら目立つ金色の頭が、数人の男の人と共にこちらに向かってくるのが見えた。

ダニエルさんは俺たちを見つけると、意外そうな顔になった。足を速めて近寄ってくる。

「どうしたんだ？　なんでわかった？」

まさか俺たちが来ているとは思っていなかったらしく、不思議そうな顔をしているダニエルさんに浅井が面白くないといった顔で言う。

「別にお前の見送りに来たわけじゃない」

「俺たちは見送りです」

冷たい浅井の言葉に観月くんがすかさずフォローを入れる。俺も横で頷いたりして。

ダニエルさんは一緒にいた人にチェックインを済ませてもらうように言って、俺たちと一緒に人の波を避けて壁際に寄った。そこで浅井は胸ポケットから小さなケースを取り出した。

「ダニエル。これをジェイに渡してくれ」

見たところ、フィルムケースには見えなかった。浅井だから写真かな…と思ったんだけど。

「私を配達人に使うと高いぞ」

「ジェイにはお前のところに取りにいけって言ってある」

「フン。まあ…いい」

ダニエルさんは頷いてケースを懐にしまった。浅井がわざわざやってきた目的はこれだったのか。浅井が殊勝にダニエルさんの見送りなんてするわけないか。

「つぐみ。観月も。仕事はいいのか？」

「あと少しなんで」

「観月くんが行くって言うからついてきたんです。気をつけて帰ってくださいね」

ダニエルさんが俺の言葉に頷くと、観月くんも心配そうに言った。

「お父さんの具合がよくなって、またお暇ができたらいらしてくださいね」

ああ…と頷くダニエルさんに、顔をひそめる浅井を横からつつく。いやだって思ってても、こういう時は顔に出さないのが礼儀だろう。浅井は心外な顔をしていたが、無視して俺もダニエルさんにお見舞いを言う。

「お父さん、よくなるといいですね」

「歳《とし》が歳だからね」

「おいくつなんですか?」

「八十三」

そりゃ、そうか。ひきつる笑いと共に、ダニエルさんの年齢を考える。一体、いくつの時の子供なんだろう。

「鹿島さんにもよろしくお伝えください」

ダニエルさんは鹿島さんを先に帰してしまったけど、意を決して家にダニエルさんを訪ねてきた彼の心中を思うと、ダニエルさんと一緒に帰国できなかったのは、心残りだったと思うんだよね。こうして、ダニエルさんは帰ろうとしているけど、それに一番ほっとしているのは彼だろう。

ダニエルさんは鹿島さんの名前を出した俺に、少し拗《す》ねたような顔を見せた。わかってるから言うな…って感じ？　やっぱり、ダニエルさんだって、誰が自分のコトを考えていてくれてるか、認識してるのかな。

そうしてるうちに、ダニエルさんと一緒に来ていたスーツ姿の男の人が近づいてきて、耳打ちをした。時間が来たらしい。ダニエルさんは彼を先に行かせて、俺たちをもう一度見る。

「では、行くよ。つぐみ、観月。ありがとう。青士も。また会おう」

笑って言うと、ダニエルさんはゲートに向かってまっすぐに歩いていった。俺たちはその後ろ姿が人混みに紛れて見えなくなるまで、その場に何も言わずに立ったままだった。

浅井の「行くぞ」という言葉を合図に、その場を離れる。人混みを抜けて歩きながら、次にダニエルさんに会えるのはいつだろうか…なんて考えていた。

そのまま帰るのは簡単だったし、仕事も残してきて気にはなったんだけど、ダニエルさんの飛行機が飛び立つのを見ていこうか…という話が俺と観月くんの間で出て、先を歩く浅井を捕まえて、デッキに行くのを承諾させた。渋々といった顔の浅井を連れて、観月くんと案内板を見ながら進んでいく。インフォメーションでダニエルさんが乗る便を言って、どこで見えるか教えてもらい、三人で飛行機の見えるデッキに立った。

結構風が吹いている。季節は秋を過ぎようとしていて、一番日が高い時間でも暑くなく、晴れわたった高い空から遠い太陽が暖かく照らしていた。飛行機が何機も駐機している。その中でダニエルさんが乗るのはどれだろうね…と話していると、浅井が見当をつけて教えてくれた。出発時間まであと十分ほど。観月くんはジュースを買ってくると言い、俺たちの注文を聞くと、中の売店に歩いていった。

二人残されて。何も言わずに、煙草を取り出し火をつける浅井の横で、俺はふと、浅井が言っていた言葉を思い出した。

「ねえ、浅井さん。クリフって誰？」

飛行機のエンジン音だろうか。ゴーというううるさい音の中で、俺は浅井に大きな声で言った。浅井は俺の方を振り向き、驚いた顔を見せる。

「え？」

「浅井さん、ダニエルさんに言ってたでしょ。それでダニエルさん帰る気になったみたいだったから、誰なのかな…って思ってて」

浅井は俺をじっと見たまま、煙草を深く吸い、吐き出した。言いたくないのかな。なんだかそう思えるような態度で、マズイことを言い出してしまったんじゃないかと思ってしまう。

別に知らなくてもいいし、言いたくないのを無理に聞く必要はないので、そのまま別の話題に切り替えようとした時、浅井が口を開いた。

「あいつの兄貴だ」

お兄さん？　小さな声で呟いて、前にもそんな話を聞いたことがあったと思い出す。あれは…。

「もしかして…亡くなったっていう？」

「ああ」

そうか。なんだか一人で納得して、俺はうなだれた。以前、ダニエルさんが二度目に来た頃、ダニエルさんが慕っていたお兄さんが亡くなって、彼が寂しがってるという話を浅井はしていた。ダニエルさんは亡くなったお兄さんの話を持ち出されたから、素直に帰ったのか。一言で素直に帰ってしまうほどに、お兄さんを信頼していたってことだろうか。

「俺は最初、クリフの方と知り合いだったんだ。その弟ってことでダニエルとも知り合って。あいつはあんなひねくれた性格だが、クリフは本当にいい奴だった。いい奴の方が早く死ぬのかな」

「どうして亡くなったの？」

「自動車事故。即死だった」

頷くしかない。チラ…と盗み見た浅井は飛行機を見ているふうだったけど、なんだか寂しげに見えた。ダニエルさんだけじゃなくて、浅井だって、そのクリフさんを大切に思っていたんだろう。

「ダニエルさんって何人もお兄さんがいるの？　この前もお兄さんを追い出したとか、通信社の人もお兄さんとか…」

「なんせ、子供ばっか作ってた親父《おやじ》でな。あいつは四番目の正妻の子で、他にも愛人の子とかもいるから、正確に何人兄弟かは知らない。クリフもダニエルとは母親が違うよ」

はあ…。俺みたいな普通の家庭で育った人間にはまったく想像できない世界だな。ひばり以外の兄弟なんか考えもつかないし。

浅井の話によると、そんな中でもダニエルさんは本当に優秀で、ずっと年上のお兄さんとかもいるのに、お父さんの跡を継ぐと言われているのは彼なんだと言う。

「カジマが日本に来たのだって、親父さんが帰ってこないあれの様子を見にこさせたんだろ。危篤ってのだって怪しいモンで、あいつもわかってるから意地になるのはわかるが、あんな歳でいつまでも意地張っててもしょうがない」

「そうか。ダニエルさんも本当に大変なんだね」

浅井を見てそう言うと、俺を見返して微《かす》かに笑った。短くなった煙草を手に取り、近くにあった灰皿に押しつける。

「クリフが死ぬ前に…最後に会った時に、まさか予知していたわけでもないんだろうが、頼まれてさ。ダニエルをよろしくって。だから、どんなに腹が立ってもつき合いが絶てないんだ」

肩を竦める浅井に苦笑を返した。そういうわけか。それでも、お兄さんの件がなくてもダニエルさんのことを浅井は邪険にできないんじゃないだろうか。心底冷たくはなれない人間だろうから。

そう言うと、浅井は心外だという顔をして、再び煙草を取り出して咥えた。

「何言ってんだ。何度、捨ててやろうかと思ったことか。クリフが死んだ時なんか、一年も振り回されてたんだぞ」

「一年って…」

「行方《ゆくえ》不明騒ぎや、自殺騒ぎで、結局俺がボストンのあれの実家に同居してたんだ。見張り役で。捨てられるモンなら捨てちまいたいって」

なるほど。鹿島さんが言ってた同居ってそういう理由なのか。しかし、ダニエルさんが自殺？　まさか…と思ってしまう。そんな言葉が全然似合わないような人なのに。

でも、お兄さんが死んでそんなコト…。俺も、もしも、ひばりが死んじゃったらショックは本当に大きいと思うけど、自殺までは考えないと思うけどな。ダニエルさんにとっては、それほど、クリフさんの比重が大きかったっていうことだろうか。

浅井が指さした、ダニエルさんが乗っているだろう飛行機の姿を見ながら、考えていると観月くんが戻ってきた。礼を言ってカップのコーヒーを受け取り、熱い液体を注意しながら飲んだ。

浅井が「出るみたいだぞ」と言うので、飛行機に目をやるとゆっくり飛行機がバックし始めて、方向を変えて滑走路の方へと進んでいく。次々と飛び立っていく飛行機の中に、ダニエルさんの乗った飛行機が混じって、高い空に消えていくのを見ながら、俺はいろんなコトを思い巡らせていた。


家に戻り、観月くんと俺は原稿を再開した。その前に吉田さんに電話して事情を話し、受け渡しを明日にしてもらった。遅れているわけではないので、吉田さんは承知してくれて、明日の午後から来てくれる話がつく。夜中には終わりそうだと思ったけど、わからないし。

成田から家に帰り着いたのは四時近かったのだけど、観月くんと集中して仕事を進め、浅井が遅い夕食に呼んでくれた頃にはほぼ終わっていた。

夕食を食べてから続きをやって、十二時過ぎには原稿が上がった。観月くんと安堵《あんど》して、彼は下に戻り、俺は風呂に入る。仕事が終わった後の風呂は格別に気持ちがいい。

浅井や観月くんならここでビールといったところだが、俺は飲めないので、冷蔵庫を開けてミネラルウォーターを取り出し、口をつける。一息つくと、なんだか眠くなった。原稿ができたという安心感もあったけど、昼間に人混みに紛れたせいで疲れていた。寝室にとぼとぼ歩いていって、ドアを開けようとして思い出す。

そういえば、ここには原稿後の悪魔が…。

疲れてるし冗談じゃない…と、そうっとドアを開けて中を覗き見ると浅井は壁の方を向いて寝ていた。ほっと息を吐き、起こさないように忍び足で入って、ベッドに腰かけた。首にかけていたタオルを手にして、今回も終わってよかったなあ…なんて、天井を見上げながら思っていた時。

予想通り？

「…わっ…！」

いきなり後ろから捕まえられて、ベッドの上に押し倒される。寝てたんじゃないのか？

叫んでしまいそうになるよ。

「浅井さん！」

「油断してただろ？」

「…あのねえ…」

怒りを通り越して、溜め息しか出ないよ。何考えてんだか。このオヤジって感じ（って、浅井ってオヤジなんだろうか？）。

「何度言わせたらわかる？　いやだ」

「原稿終わったんだろ？」

「疲れた」

「ご苦労様」

ニイと笑って言いながらも、ベッドに押さえつけてる力が緩むことはない。俺だって真剣に力を入れてるつもりなんだけど。

「も…う。離せって…」

「つぐみ。恋しかった」

恋しいなんてボキャをどこで仕入れてきたんだか。…と思ってると、口づけられた。優しく啄《ついば》むみたいな口づけが繰り返される。くすぐったいような気分になって、笑ってしまいそうになり、浅井の顔を手で追いやった。

「浅井さんてば…」

「つぐみ、家に帰るのか？」

突然聞かれて、浅井の顔を見た。そうだった。原稿が終わったら、まず実家に帰ろうと思ってたわけで。俺ってば、仕事中は考えていたことが何もかも抜けてしまう質《たち》かも。

「うん。そうだね」

浅井が頷いた俺の腕を取り、ベッドから上半身を起こす。それでも腕は離してくれないで、そのまま自分と向き合う形に座らせた。

「いつ帰るんだ？」

「うーん。次の原稿が始まる前に…。明日か…無理かな。でも、明後日には帰らないと」

「俺も行ってもいいか？」

浅井の言葉に、口を閉じて彼を見つめた。浅井がそんなコトを言い出すなんて思いもよらなかった俺は、考えなしだろうか。でも、目の前の浅井は電気もついてない暗がりの中、真剣な顔で俺を見つめている。

本当は浅井なんて連れて帰ったら一騒動どころか、二騒動も三騒動もありそうでいやだったんだけど。けど、あまりに真面目な浅井の顔に簡単に否定してしまえなくて。

「浅井さんが？　うちに…？」

「ひばりにも会いたいし、つぐみの育ったところも見てみたい」

うーん。ひばりに会うのはいいよ。ひばりも喜ぶだろうし。育ったところが見てみたいってのも、よくわかんない気持ちだけど、まあ、浅井の勝手だと思う。

けど、実家には両親がいるわけで。

浅井と俺は、図らずもこういう関係だから…。今の時点で絶対に、身内に知られたくないと思っている俺としては、変なボロが出てしまいそうな行動は避けたいんだけど。

…それを浅井にうまく言うのも大変かも。

一度、落とした視線を上げると浅井がまだ俺を見ていた。なんか、犬みたいな表情。置いていかないでって感じ？

「ひばりも喜ぶし、いいけど…。なんていうか…親、いるだろ？　で、俺としては…浅井さんと同居してるのは言うつもりだけど…」

「大丈夫。エッチしてるなんて言わない」

……………。あのねえ…。

思わず真っ赤になってしまった顔を隠すように、額を押さえた。まったく。こんな男を連れて帰って本当に大丈夫なんだろうか。せめて、母さんがいないのを願うよ…。

「余計なことは言わないでよ」

「任せろ」

任せて大丈夫とはとても思えないけど、横について見張ってればなんとかなるかな。親にもいろいろ説明しなきゃいけないし、実際の家主である浅井がいてくれた方が信用もあるかな（中身に問題のある男だけど、外見はなんとかなってると思うし）。

ひばりに連絡してやったら喜ぶだろうな…と思いながら、ちょっと考えてしまい、目の前に浅井がいるというのにぼうっとしてしまった。そんな俺を浅井が不思議そうな顔で見てくる。

「どうした？」

浅井に聞かれて、はっとして、顔を上げた。考え込むと一人の世界に入ってしまうのは、よくない癖だと思うけど。

「ううん。ちょっと…思い出して。昼間のダニエルさんの話」

「ダニエル？」

ダニエルさんの名前を出すと、必ず眉をひそめるのは、もう浅井の癖かもしれないな。

「うん。浅井さんにね。ダニエルさんがお兄さんが亡くなった時、自殺騒ぎを起こしたって聞いて、俺はもしもひばりが死んでも自殺までは考えられないと思ってたんだ。ひばりの話をしたらそれを思い出しちゃって」

俺の言う言葉を、浅井は眉をますますひそめて聞いていた。俺から視線を落として、手首を持っていた手で、俺の掌《てのひら》を包み込むようにする。

「浅井さん？」

考えてるふうの浅井に声をかけると、浅井は俯《うつむ》いたままで言った。

「ダニエルが自殺騒ぎを起こしたのは、クリフが恋人だったからだ」

「え…？」

一瞬、浅井が何を言ったのかわからなくて、俺は彼を覗き込むように聞き返した。浅井は不思議そうな俺に、顔を上げて繰り返す。

「クリフはダニエルの恋人だったんだ」

「…ちょっと…待って。だって、ダニエルさんのお兄さんだって…」

「兄だったけど、恋人でもあったんだって」

そう言われても。だって、腹違いとはいえ、血は繋《つな》がってるだろうし、お兄さんっていうからには男だし。いや、それは人のことは言えないし、前に浅井がダニエルさんがゲイみたいな言い方をしてたけど…。

けど…。

複雑な顔の俺に、浅井が何も考えてないような顔でつけ加える。

「まあ、クリフは認知はされてたけど実際のところ、本当にダニエルと兄弟かは怪しかったしな。十分の一くらいの確率って話だったし」

「…でも、十分の一に当たってたら？」

「細かいことは気にするな」

あのねえ。心底呆《あき》れた気分で浅井を見つめる。なんだかよくわかんないけど、変な話だよ。俺的には。

「そんでもな。ダニエルがクリフを愛してたってのは俺も認めるよ」

溜め息でもつこうかと思った時、浅井が言った言葉にドキンとして顔を上げた。浅井がダニエルさんに対して、そんな言い方をするなんて。

確かに、考えれば…。あのダニエルさんが自殺なんて…と、俺が思ってしまい、疑問にさえ思ったのは相手がお兄さんだったからだ。それが恋人と聞いたなら、少しは疑問も抑えられていたと思う。

浅井が言っているのは客観的に見た話で、彼がそう言うなら、ダニエルさんが本当にそのお兄さんを好きだったのだろうと納得できる。同時に、お兄さんを亡くして、ダニエルさんが騒動を起こしたというのも。

あんなに冷静そうで、取り乱すなんて似合わない彼なのに。それくらい、悲しかったんだろうか。死んでしまいたくなるほど、好きだったんだろうか。ダニエルさんみたいな人が。

「つぐみ」

くしゃ…と髪を掻きまぜられて、またもや考えに陥っていた自分に気づいて、はっとなった。見れば、浅井の顔は苦笑に彩られている。

「変な話をしてごめん。あまり、考えるな」

優しい笑いで言われたけど、考えるなと言われても無理な話かもしれない。どうしても、もうひとつの考えが頭を過《よぎ》ってしまう。

自分の手を見れば、包んでいる大きな掌。それを確認するように握り返す。浅井の手は体温が高いように感じるのに、冷たいことが多い。長い指。

「つぐみ」

じっと手を見ていた俺に呼びかけて、浅井がキスをする。さっきまで抵抗してたし、いやだと思ってたけど、素直にキスを受けてしまったのはなぜだろう。浅井が目の前にいてくれるのが、本当は、嬉《うれ》しかったからかもしれない。

項《うなじ》を片手で支えて、俺を自分に近づけてキスしてくる。口唇を吸い取られて、熱い舌が侵入してきて、中を掻き回していく。浅井のキスはうまくて、いつも夢中にさせられる。キスが気持ちいいなんて知らなかった。初めてキスをした時、重ねるだけでドキドキで、浅井に会うまでも深いキスなんてしたコトがなくて。

こんなふうに探られて、中から熱くされるキスを教えてくれたのは浅井だ。

「…んっ…」

目を閉じて夢中になっていた俺は、浅井が離れていったのに目を開けた。自分でも瞳が潤んでしまっているのがわかる。

「つぐみ。顔赤いぜ」

余裕の顔で笑って言われて。俺は恥ずかしさに八つ当たりするみたいに、手の甲で口唇を拭《ぬぐ》った。その手首を浅井が摑《つか》んで、自分に引き寄せる。浅井の力に敵《かな》わなくて、簡単に彼の元に倒れ込んでしまい、ますます顔が赤くなった。

「あ…さいさん！　離し…」

「したいだろ？」

「…したくない！」

「また強情張って…。つぐみ、キス、好きだよな」

当たりなんだけど、悔しさに否定しようと思った口を、また塞《ふさ》がれた。膝《ひざ》を立ててベッドの上に座っている浅井の上に被《かぶ》さるみたいに引き寄せられ、深く口づけされる。

「んっ……」

抵抗の言葉は喉《のど》の奥に消え。動き回る舌に、俺はすぐに熱くされてしまう。腕を掴まれて引っ張り上げられた体勢がきつくて、開いた浅井の足の間に膝立ちになった。

浅井が下から口づけてくる体勢に、なんだか恥ずかしいような気になったけど、すかさず背中に回された手に解放してもらえなくて、そのままキスを受ける。まるで、自分からキスしてるみたいで、変な感じだったけど、実際、夢中になってくると自分から舌を搦《から》めてしまう。

「…っ…」

角度を変えて続けられるキスは芯《しん》を熱くしていく。目を閉じてうっとりとなって、浅井の肩に手を置くと、背中に回っていた浅井の手が降りて俺のトランクスに手をかけた。

「や…」

スルリ…と下着を下ろされて、俺は離れた口唇の隙間《すきま》から抗議の声をあげたけど、すぐに口唇で塞がれた。肩に置いた手に力を込める俺に、浅井が片手を項に回して、逃がさないように口づけを深める。

同時に、無防備に下肢を晒《さら》している奥に、浅井が手を這《は》わせる。尻や腿《もも》に触れながら、足を開かせようとする浅井に従えるわけもなくて、眉をひそめてきつく足を閉じた。

それでも、前に回った掌に、熱いモノが集中しかけた自身を摑まれると、身体《からだ》がビクンと撥《は》ねてしまう。

「あ…」

握り込まれて、根元から優しく触れられると、離れた口から甘い声が漏れてしまった。もう硬くなってしまってるかもしれないと思うと、恥ずかしさが込み上げてくる。

「…あっ…や…」

浅井が慣れた手つきで軽く扱《しご》くと、高い声をあげて、首に手を回してしがみついてしまった。膝立ちという不安定な体勢がいやで、崩れてしまいたいのに、背中を支えている浅井が許してくれない。

「つぐみ。足、開いて」

しがみついた俺の耳元、低い声が促すように言う。頰《ほお》が熱くなる。足を開けと言われて、開けるモンじゃない。

たまらない恥ずかしさに、浅井の首に回した腕に力を込めると、浅井は少し笑って俺のTシャツを脱がした。抵抗できないまま脱がされてしまい、浅井は背中に張りつかせた掌を下に落としていった。すうっと滑るみたいに皮膚をなぞられる感触に、鳥肌が立つ。

「あっ…」

そのまま、長い指先が後ろから孔《あな》を探り出す。ぞくぞくする身体に、鼻声を漏らして、ますます腕に力を込めた。浅井の小さな笑いが耳に聞こえたと思った時、浅井が前も扱き始めた。

「…は…あ…っ…あ」

両方を嬲《なぶ》られて、耐えきれない身体が崩れそうになる。力が入らなくなって、自然と膝が緩んで開いてしまい、浅井は好都合といったように前から手を差し入れて、奥の孔を探り始めた。

「や…あ」

前からこするみたいに孔の周囲をなぞられると、自分でも浅井の指を待ってるみたいに収縮させてしまうのがわかった。何度も浅井に抱かれて、次に来る快感を予測してしまっている。心よりも身体の方が正直だから。

浅井が中に指を入れる。入ってくる感触。長い指が奥まで進んでくるのが伝わる。

「つぐみ…。中、熱い…」

溜め息みたいな低い声。浅井の肩に伏せていた顔を上げて浅井を見ると、乱暴に口づけられた。同時に、中の指を動かされて身体が震える。

内部をこすられる感覚に、我を忘れて浅井の舌を求める。唾液《だえき》が溢《あふ》れて漏れていくけど、構える余裕もなくて。浅井がもう片方の手で前を握ると、すでに勃《た》ってしまっているモノがヌルリと滑る感触がした。

「あんっ…」

後ろの指を増やされて声があがる。中を確かめるみたいに蠢《うごめ》く指が、内壁をこすって身体が震えるほどに感じてしまう。浅井が握ったままの前が硬さを増して、後ろの指が動くたびに液が滲《にじ》み出た。

「つぐみ。後ろも濡れてるみたいだぜ…」

低い声に痺《しび》れる。女の子じゃないんだから、濡れるわけもないのに。からかわれてるのに反応してしまう自分が止められない。

震える身体をどうしようもなくて、浅井にしがみついてTシャツを握りしめる。裸で浅井の足の間にいる俺と違い、浅井はまだ服を着たままで。なんだか、それも自分だけが熱くなってるみたいで、自分の中の羞恥《しゅうち》が増した。

けれど、崩れそうな身体を保とうと、浅井の方に足を寄せた時、彼の熱さを下着越しに感じた。思わず、耳元で小さく「あ」と漏らした声が伝わり、浅井が鼻で笑うのが聞こえる。

「おっきくなってるだろ?」

そんなコトを言われても、頷くわけにもいかず、顔を埋めたままでいると、浅井が後ろから指を引き抜いた。はあ…と溜め息をついていると、浅井が俺を首に張りつかせたまま器用に下着を脱ぐ。

足で感じた通り、浅井のモノは大きく勃ち上がっていた。まともに見えてしまう体勢がいやで、浅井から離れようとするけど、浅井が腕を離してくれない。

「浅井…さん?」

一体どうする気なんだろう…と、掠《かす》れた声で浅井の名前を呼ぶと、頭を抱えて引き寄せてキスされる。舌を搦められて吸われて、ぼうっとしていると、浅井がいきなり腰を抱えて持ち上げた。

「やっ…」

足を開かされ、浅井を跨《また》ぐ体勢にされて、高い声をあげる。まさか…と思っていると、浅井が予想通りの台詞を吐く。

「このまま入れよ」

冗談じゃない。俺は真っ赤になって腰を支えている浅井の腕に手をかけた。

「い…や。やだよ」

「ゆっくり入れれば平気だって」

「平気とかじゃ…なくて」

「上になるとまた違った気持ちよさがあるらしいぜ」

浅井のふざけた台詞に、いっそう赤面して俺は浅井の上から退《ど》こうと懸命に腕を離そうとする。

「バカ…。もう、離せって…」

「いやか?」

「いやだって言ってるじゃんか。もう…」

恥ずかしさに涙まで出てきた。どうして、こう、わかってくれないかな。やっぱ、オヤジだから?

口唇を引き結んでいると、浅井はしょうがないなあという顔をして、子供がぐずるみたいに顔を顰めている俺の額にキスをした。そして、俺を抱き上げると、ベッドに寝かせる。

「やっ…あ…」

素早く浅井に足首を取られて、持ち上げられ。驚いた声を最後まで出す間もなく、勃ち上がっていた浅井の熱いモノを、孔に感じた。思わず下肢がズンと熱さを増す。

「あっ…んっ…」

浅井の首に腕を回し、中に入ってくる重みを受け止める。ぐっと奥まで入れられると、甘い溜め息が漏れる。

「は…あ…っ…」

中の浅井が熱い。脈打つみたいに感じるのは、自分の動悸なのか、浅井の動悸なのか。いつも浅井を受け入れるのがきついのに変わりはないんだけど、内部に入られると離したくないというように締めつけてしまう。

そんなのが恥ずかしいってわかってるからできるだけ止めたいけれど、浅井が中に入ってくる頃には、俺自身も熱くなってしまっているから。止められなくなってしまっているから。

「あっ…」

浅井が腰を動かしてゆっくり引いていく。慣らすために最初はゆっくり出し入れをしているのが、次第に早くなる。こすられて、内部に生まれていく快感は、何にも代え難いもので…。自分が恥ずかしいことをしてるとか、浅ましい態度をとってるとか、すべてを忘れさせてくれる。

「つぐみ…好きだ」

必ず呟くように言う浅井の言葉に、耳元にキスして答えた。熱くなっている身体と、奥に入ってくる浅井自身が言葉の真実を語っている。

早くなる動きに、浅井にしがみついたまま、我を忘れそうになった時だった。浅井が両足を大きく開かせると、俺の脇に手を入れて身体を起こさせた。前みたいに向き合う体勢にされるのかと思ったら、浅井は繋がったままで足を伸ばして寝てしまい、俺が上に乗っている体勢になってしまった。

「い…や…」

眉をひそめて浅井に抗議の声を送ったが、すぐに下から突き上げられて、それも消えてしまう。

「あっ…あ…っ…んっ…」

自分の体重で深くまで入り込んでるのに、その上、浅井に動かれると身体中に痺れるみたいな快感が駆け巡った。浅井が奥に来るたびに身体が震える。

「やあ…っ」

あまりの快感に身体の力が抜けてしまい、崩れそうになった俺の手を浅井が握る。

「自分で動けないか？」

抗議に涙目で口唇を閉じて首を振る。浅井は笑って手を握ったまま、起き上がった。体勢が変わって、中のモノが動いてまた高い声があがる。

「感じすぎ…って、いいコトだけどさ。俺にとっては」

ニイと笑う顔を睨《にら》んだ。もう浅井にはつき合わない。いつもこういう時、思うんだけど。

「んっ…はあ…」

向き合って座った体勢で、浅井は首に俺の腕を回させると口づけをした。深くキスをした後、俺を抱きしめたまま下から突き上げる。

「あっ…あっ…んっ…」

ガクガクと揺れる身体に、悲鳴に似た声が漏れた。密着して動く身体に、間で勃ち上がっているモノがこすれて、膨れ上がっている。浅井が突き上げて最奥を突いた時、解放を願っていたモノが爆発した。

荒い息の中、白い液体が互いの腹を汚してるってわかったけど、浅井が突き上げるのをやめないから何もできない。必死でしがみついて、浅井の動きに合わせていくしかなくて、同時にイッてしまったばかりのものもすぐに硬さを取り戻していく。

目まぐるしい快感の中で、ぎゅうとしがみついていた腕を緩めて、浅井の顔を覗き見た。目が合ってキスされて、口唇を離して、もう一度見た。

「なに?」

「……」

言葉が出てこなくて、口を開けたまま小さく首を振る。なんだろう。抱きしめてくれている浅井を確認したかったのかな。

側にいて抱いてくれているしあわせ。認めてないとはいえ、浅井が快感を与えてくれるのは事実だ。そして、抱き合うのがもたらすのは快感だけじゃないって思う。安心感。安堵感。そんなものを与えてくれる人が側にいてくれる。ともすれば忘れてしまいそうなコトだけど、俺はしあわせなのかもしれない。

「つぐみ」

名前を呼ばれて顔を見るとキスされた。キスを返すと、中の浅井が大きくなるのを感じる。一方的な思いじゃなく両方から愛し合うっていうのはどういう感覚だろう。

そんなふうに考えながら、浅井の腕の中に抱かれていた。


荒い息を吐く俺の上から退くと、浅井はティッシュで後始末をして、横たわっている身体を抱え上げた。え…？　と思い顔を見ると、「風呂行こ」と言われる。なんだか疲れていて抵抗する気もなく、浅井に抱かれて風呂場に行った。まあ、他に誰もいないし。

そっとタイルの上に降ろされると、足が少しガクガクした。ヤワだと言われるかもしれないが、丈夫でも頑丈にはできていない身体である。浅井がシャワーを捻《ひね》って身体を流してくれ、二人で浴槽に入る。温かいお湯に思わず溜め息が漏れた。

いつものパターンからいくと、浅井は一度しかイッてないわけだし、また始めるのかな…

と思い不安になったが、浅井は何もする気がないみたいで、おとなしく横で目を閉じて湯に浸《つ》かっていた。それになんとなく安心して、俺も目を閉じる。

そんな中、抱かれて夢中になってしまう前に考えていたコトが頭の中に甦《よみがえ》る。気になって、目を開けて浅井を見た。

「ダニエルさんって寂しいんだね」

ポツリと言った言葉に、浅井が目を開けて「はあ？」という顔をする。そんな表情にも構わずに続けた。

「俺さあ。ダニエルさんて何考えてるかわからないところがあるから、帰るって話になった時、俺や観月くんは寂しいって思うけど、彼は思わないのかも…って思ったんだ。たくさんの人に囲まれて忙しくしてるみたいだし。でも、鹿島さんにダニエルさんがうちでリラックスしてるって聞いて、ダニエルさんみたいな人が本当にそうなのかなって思って。でも、そうなんだよね。俺たちはおまけだったかもしんないけど、浅井さんといるとダニエルさんは寂しくないんだと思うよ」

浅井はダニエルさんの話を聞く時、必ずする表情…眉をひそめて話を聞いていた。浅井がどう思うか知らないけど、俺が思ってるのは結構当たってる気がするんだけど。

「俺といると…って、別にずっと一緒にいるわけでもないし、憎まれ口しか叩《たた》かないのにか？」

「うん」

不思議そうな顔の浅井には理解できないのかもしれないと思って言わなかったけど、ダニエルさんが浅井に会うのは、浅井といる時間の中にクリフさんといた時間を見てるからなんじゃないかと、なんとなく思ったんだ。俺の考えすぎかな。でも、いなくなってしまった人を感じたかったら、その時過ごしていた時間と同じように過ごしたいって思うんじゃないかな。

それは、その時、一緒にいた人や場所が可能にしてくれるんじゃないかな。けれど、そういう観念的なコトが浅井に通じるわけもなく。考えても理解できないというふうに、首を振って呟いた。

「ダニエルが寂しいねえ。そんなコト思ったこともなかったけど」

結構、意外な台詞だった。だって、浅井はせめてダニエルさんの寂しさみたいなものは理解してるって思ってたから。

「嘘。だって、言ってたじゃん。お兄さんが亡くなって寂しいのもわかるって」

「七年も前の話だ。当時はわかったけど、今はそんなでもないだろ」

なんだか。浅井がダニエルさんに対して、いつも冷たい物言いをするのは知ってるし、突き放してるのもよくわかってるけど、複雑な気分だった。

浅井は七年も前…と言ったけれど、人によって七年という歳月も長かったり短かったりするよ。そして、それが悲しい事柄であればあるほど、たかが七年という気分になりはしないだろうか。

だって、たとえば、考えたくもないけれど、浅井が…。

「つぐみ。出ないか？　のぼせるぞ」

考え始めた時に浅井がそう言ったので、俺は考えを中断して風呂を出た。そのまま寝室に戻ってしまい、結局、浅井に聞きたくても聞けないまま、言葉を飲み込んだ。

夜の闇《やみ》の中、ベッドで浅井に抱き寄せられて、彼の寝息を聞いていた。横顔。疲れているはずなのに、眠りにつけなかったのは、どうしても心の靄《もや》が晴れなかったから。

浅井がいなくなったら、俺は忘れられるのかな。浅井は俺を忘れられるのかな。

人によって気持ちは全然違うし、離れるのが仕方のない状況だってある。人間はずっと一緒にはいられない。わかってるけれど。

好きだとも認めていないくせに、我儘《わがまま》ばかりを思う心を責めながら、なんとか眠りについたのは明け方の白い光が部屋に差し込んだ頃だった。


次の日…というか、その日なんだけど、浅井に起こされて目が覚めた。時計を見たらお昼を完全に過ぎていて、浅井の用件も吉田さんからの電話を告げに来たものだった。

「ええ。できましたんで…はい。お願いします」

寝起きでよろよろ歩いていって電話に出て、掠れた声で原稿を取りにきてくれるように頼んだ。観月くんはもう起きてきていて、仕事部屋の掃除をしてくれていた。一人だけ寝てて申し訳ない。

歯を磨いて顔を洗って、何かを手伝おうと居間に戻ると、浅井がサンドウィッチを用意していて、食べろと迫られた。浅井と観月くんの食事はもう済んだ様子で、一人居間のテーブルでサンドウィッチとコーヒーで食事を取った。二人はテキパキと家事をこなしていて、とても俺を仲間には入れてくれそうにないので、時間をかけてゆっくり食べていた。

ようやく、浅井が許してくれそうな量を食べ終えた時、浅井や観月くんも一段落した様子でテーブル近くにやってくる。

「つぐみさん。今からFAX買いにいきませんか？」

観月くんに言われて、はっと思い出した。そうだった。FAXを買うつもりで…。

「うん。だけど、吉田さん来るから、観月くん頼めるかな？」

「いいですけど、俺が決めちゃっていいんですか？」

「全然。俺、わからないもん」

仕事部屋に行き、先日出かけたついでに銀行から下ろしてあったお金を観月くんに渡してお願いした。浅井が車で連れていってくれると言うので、二人で電器屋へと出かけていった。

浅井たちが出かけてしばらくしてチャイムが鳴り、出ると吉田さんが立っていた。

「とうとう買う気になったの？　FAX」

居間に通して椅子に座ってもらい、お茶を入れながら浅井と観月くんの出かけた理由を告げると、吉田さんは笑いながらそう言った。

「やっぱ、必要だよね。FAXは」

「来月忙しくなりそうだし、手間を少しでも省こうかなと思って」

「俺もありがたいよ。普通さ、デビューした時点で買うけど、加納《かのう》くんは自宅じゃないから遠慮してるのかな…って思ってたんだけど」

「…まあ、単なる面倒くさがりですけど」

苦笑しながら言って、仕事部屋からでき上がってる原稿を持ってきた。仕上がりを見てもらい、吉田さんはチェックを終えた原稿を封筒にしまう。

「そうそう。見本ができたから持ってきたんだった」

封筒を横に置いて、吉田さんは思い出したように言った。見本？　なんだろう…と思っていると、吉田さんがカバンの中から一冊のコミックスを取り出した。

「あ。できたんですか？」

嬉しくて、思わず声が高くなってしまう。吉田さんが差し出したのは、もちろん、来月発売予定になっている俺の初コミックスだった。

「綺麗にできてるでしょ？」

「はい。ありがとうございます」

ドキドキしながら受け取り、自分の絵がついているカバーを見つめる。まさか、自分の絵がこうしてちゃんとしたコミックスになる日が来るなんて。小さい頃から数えきれないほどコミックスを買ったけど、俺の描いたものもこれから一緒に本屋に並ぶんだなあって思うと、感慨もひとしおって感じ。

「やっぱ、雑誌に載ったのも嬉しかったけど、こうやってコミックスになるのって、違いますね」

「丸ごと、加納くんのマンガだもんね。初心忘るべからず…で、これからも頑張ってよ」

「はい」

もう、なんだか上機嫌でにへら…と笑って頷いた。ちゃんと売れてくれるかどうかを考えると、すごく不安になるけど、今はでき上がった喜びだけを感じていたいなあ。

連載をするにあたって、デビュー作を元にしたものの、設定を変えたりしたので、コミックスに収録されているのは連載一回目からだ。一冊まるごと、この家で考えて描いたんだと思うと、とても長い年月を過ごしてきたような気がするけど、何もかもが早く過ぎてるだけで、実際に過ぎてる年月は大したモノじゃない。マンガ家になってから…同時にこの家に来てからの時の過ぎ方は、前の俺だったら三年くらい経ってるかな…ってほどに中身の濃いモノだよ。

マンガと浅井のこと。両方が俺を置いてきぼりにするんじゃないかって速度で進んでるから。

「で、実家に帰るのはいつにしたの?」

コミックスを見ながら考えていると、吉田さんがそう聞いてきたので顔を上げた。年末までに帰るという話はしていたけど、もうすでに年末に入ってきてるし。

「本当は今日くらいに帰ろうと思ったんですけど、こんな時間だし、明日日帰りで行ってきます」

「そうだねえ。ゆっくりしてもらう時間はないね」

編集としては当然の意見かもしれない。

「…でも、吉田さん。年末までの原稿が終われば、お正月にゆっくりしてくればいいからさ」

「…あ、そうだったね」

思わず二人で沈黙してしまう。はあ。ありがたいコトだろうけど、大変だなあ。このままいつまでこういうのが続くんだろう。一生だったりして…。

増刊に載せる話について考えてる内容を吉田さんに聞いてもらっていると、玄関のチャイムが鳴った。え？　まさか、浅井たちが鳴らすわけないし。

「誰かな。ちょっと、すみません」

吉田さんに断って席を立つ。吉田さんが家にいる以上、訪ねてくるのは…広瀬《ひろせ》さんかな？

そう思い、開けた先には。

「こんにちは。加納くん」

ニコニコ笑いながら立っていたのは、川口《かわぐち》さん。そうだった。最近はこの人も訪ねてくる人リストに入ってるんだった。

「こんにちは。あ、浅井さん、今買い物に出てて」

「待たせてもらっていいかな」

はい…と返事をしてドアを開けた。川口さんは大きな紙袋を下げていた。中身は見えなかったけど、川口さんが家に来る目的はひとつなので、仕事関係のものなんだろう。

居間に入り、座っていた吉田さんと挨拶《あいさつ》を交わして、その前に座る。

川口さんがやってきたのは、あれ以来だった。俺が追いつめられるみたいに写真集の出版を承諾して以来。浅井が出したくないと言っていたものを俺なんかが決めていいのかわからなかったけど、あの時は承諾するしかなかったし。その後、浅井に本当のところどうなのか聞いてないんだけど、浅井はどう思ってるんだろう。

「加納くん、コミックス初めてなんだね」

コーヒーの入ったカップを川口さんの前に置き、その横に腰かけると、テーブルの上にあったコミックスを手にして川口さんが言う。俺がキッチンに行ってる間に吉田さんに聞いたらしかった。

「そうなんです」

「嬉しいでしょ？　初めて自分の本が出るって」

「はい。信じられないくらい」

「でも、意外だったな。もう何冊も出してるマンガ家さんだと思ってたけど」

川口さんは畑が違うらしく、マンガ業界には全然詳しくないみたいで。それに歳が歳だからマンガを読むコトもないよね。

俺が夏にデビューしたばかりだと言うと、川口さんは大きく頷いて言った。

「それにしては早いね。コミックスってそんなに早く出るもの？」

「いえ。加納くんの場合、異例ですよ。人気高いんで」

吉田さんが言ってくれた言葉に照れてしまった。お世辞でも嬉しい。実際、俺は描いてるだけなので、アンケートの評判がいいとか言われてもピンとはこないんだけど。

「そうか。…でも、じゃあ、浅井くんとはデビュー前からの知り合い？　そうだ。元々どういう知り合いなの？　聞いてなかったけど」

いきなり出た質問に、俺は心臓がドキンとなった。前にも川口さんはそれを聞いてきたけど、ごまかしてはっきりは答えなかったんだ。だって、なんと言ったらいいのかわからなくて。浅井と俺の接点なんてなさすぎる。ひばりみたいに詳しくない人間だったら、出版社関係の知り合い…とか言えるけど、川口さんは当の出版社の人だし。まったく分野の違う俺と浅井の接点なんて、ないとよくわかってるはずだ。広瀬さんと知り合いだった…って言うのもおかしな話で通じないだろうし（マンガ家と週刊誌のデスクなんて）。

そして…。本当のコトなんて、言えるわけもなく。

困り果てて、口の開けない俺に吉田さんが助け船を出してくれる。

「俺が…知り合いだったんですよ。前に仕事で広瀬さんと知り合って、浅井さんのファンだったものだから紹介してもらって。ちょうどその時に、デビューが決まってた加納くんが火事に遭《あ》いましてね。偶然居合わせた浅井さんが自分の部屋が広いんで、居候させてくれるっ

て話になりまして。締め切りが迫ってたんで…」

おお。そこはかとない嘘を取り混ぜたうまい説明。感心して吉田さんを見ると、続きを言ってくれと言うように視線を送られる。

「そう…なんです。それからすぐに連載が決まってしまって、忙しくて浅井さんに甘えっぱなしなんです」

「そう。大変だったんだねえ。火事とは」

「いえ…」

正確には違うのだが、もう笑ってごまかしておいた。川口さんはそれで納得してくれたみたいで、吉田さんに心から感謝する。俺が広瀬さんの知り合いって言うより、同じ社内の吉田さんが知り合いの方が、確かに説得力があるってものだ。

それでも、嘘を言ってるのには変わりはないので、心苦しく思いながら白々しい笑いを浮かべていると、玄関から物音がした。浅井と観月くんだ。

「お、吉田。川口も来てたのか」

箱を片手に持ち、もう一方には白いビニル袋を下げている。後から入ってきた観月くんも白いビニル袋を持っていて、電器屋のついでにスーパーに行ってきた様子だ。

「浅井くん。打ち合わせに来たんだよ」

笑って言う川口さんに、浅井は片眉を上げてみせたが、それほどにいやな顔つきはしなかった。諦《あきら》めがついているんだろうか。

浅井は「ちょっと待ってくれ」と言って、買ってきたものを冷蔵庫なんかにしまい始める。観月くんが箱をTVの前の床に置いて広げ始めたので、俺は興味津々に覗きにいった。

「買えた？」

「はい。今から配線しますね」

観月くんが言うには、電話のジャックが仕事部屋にはないので、居間から分配してコードを延ばして持っていくと言う。聞いてても内容を想像すらできなかった俺は、観月くんに行ってもらってよかったと心底思った。俺だったら、電器屋と家を三往復くらいしてそう。あれが足りない、これが足りないとか言って。

「どこに置きますか？」

「この棚の上は？」

仕事部屋にFAXの本体を持っていって、入り口を入ってすぐのところに置いてある腰丈の棚の上に置くコトにした。先日、観月くんと浅井が近所の輸入家具屋に行って買ってきてくれて、俺が本を並べてる棚である。そこにセットして、観月くんは居間に行って分配器を取りつけ、電話の線を増やして長いコードを仕事部屋まで延ばしていった。床にあると踏むといけないので…と言って、壁伝いに天井に留めて仕事部屋に延ばす。浅井と同じく、観月くんも何しても食べていける人だと思ったよ。

テキパキと動いてくれた観月くんのお陰で、FAXはすぐについた。本体についていた子機はコードレスで、人生で初めてコードレスフォンを手に入れた俺はちょっと感動して、それを観月くんに言うと、少しの沈黙の後、「本当にひとつ上なんですか？」と呆れられた。ひどい。

今まで使っていた黒電話は勿体ないし、家のどこにいても音が聞こえるという理由でそのままにしておこうという話になったんだけど、問題点も生まれた。黒電話で電話を受けるとFAXの方に回せない。だから、一度電話してもらってから新しい電話の方に出ないとFAXが流れてこないのだ。やっぱり、家に文明開化が訪れるのはまだ先かもしれない。

でも、吉田さんが社にいる人に試しのFAXを送らせてくれて、実際にFAXが流れてきたのには「おお」と声をあげた。

「不思議だよね。どうして文字が送れるんだろう」

「…声はどうして送れるんですか？」

「映像はどうして映るんだ？」

観月くんに再び呆れた声で言われ、浅井にまで突っ込みを入れられて、言葉に詰まった。皆は「そんなもん不思議に思うな」と言いたいらしいが、不思議なもんは不思議じゃん。電話の仕組みはさっぱりわからないんだから仕方ないよ。

皆を巻き込んでFAX騒ぎをしていたので、浅井と打ち合わせにきていた川口さんに悪いことをしてしまった。それでも、詫《わ》びた俺に川口さんは笑って、

「今は浅井くんの仕事しか入れてないからいいよ」

と言ってくれる。どうも、彼のやる気を表しているらしい。そして、やる気満々の川口さ

んは持ってきていた紙袋からシステム手帳や紙の束みたいなの、小さい写真がたくさん載った見本みたいなものなんかを取り出して、浅井を前に話し始めた。浅井はやはり、一度イエスと言ったモノを撤回する気はないようで、いやな様子も見せずに川口さんの話を聞いて、自分からもいろいろ言っていた。

俺も吉田さんと打ち合わせ途中だったので、浅井たちを邪魔しないように吉田さんと仕事部屋に移って、話の続きをした。増刊と連載の次の内容を話して、ある程度のラインを決める。俺と吉田さんの打ち合わせなんて、細かい人が聞いていたら呆れるものかもしれない。

「じゃ、こういうふうで」

「うん。じゃ、そういうふうで」

といった、なんだかよくわからないものである。それでもなんとかでき上がっていくし、意志の疎通ははかられているので、考え方が似てるのかもしれない。

吉田さんに夕飯を勧めたが、さすがに早い時間だし、まだ行くところがあるというので二人で仕事部屋を出た。居間のテーブルではまだ浅井と川口さんが話してて、観月くんはキッチンで夕飯の準備をしているようだった。吉田さんが浅井に帰るという挨拶をしようとした時、浅井がらしくない高い声をあげる。

「はあ？　んなモンやるのか？」

ひそめられる、浅井の眉。なんだろう…と思って、吉田さんと顔を見合わせて、二人の会話を聞いていると。

「前回だってやったんだよ。君は日本にいなかったけど」

「ああ。そりゃ知ってるが…」

「前回はね。全然宣伝も打てなかったんだ。広瀬が君の了解を得てるわけじゃないと言うし。けど、まったく宣伝しなかったのに大盛況でね。東京と大阪でやったんだが僕は両方に足を運んで、君の写真を…」

川口さんがいつものように熱弁を振るっているのは、前回出版された写真集の展覧会の話らしい。寝室に置きっぱなしになっているパネルを使ったものだ。飯島《いいじま》も見にいったって言ってたよなあ。それを今回もやるって言ってるから、浅井の眉がひそめられてるわけか。

「いいじゃん、浅井さん。個展だよ、個展。いっそのこと、サイン会もしたら?」

そう言ったのは吉田さん。浅井は今度は思いっきり顔を顰めてこちらを見てくる。

「冗談だろ?」

サイン会ねえ。恐ろしくて誰も近寄らなかったりして。…なんて、俺は思ったのに、川口さんは違った。

「サイン会! いいねえ。吉田くん、いいコト言う。やろうか? 浅井くん」

「……」

真面目に目を潤ませる川口さんを浅井は信じられないというように口を開けて見ていた。思わず笑ってしまい、浅井に睨まれた。

吉田さんはそんな浅井に「また来るよ」と挨拶をして玄関へと行く。俺も見送るためについていった。

「そういえば、ダニエルさんは？　最近見てないけど、毎日仕事に行ってるの？」

部屋を出ようとした吉田さんが振り向きながら聞いてきた内容に、一瞬、俺は顔を曇らせた。それを、吉田さんが不思議そうな顔で見てくる。

「何かあったの？」

「…ダニエルさん、帰国したんです」

「え？　仕事の関係？」

吉田さんにお父さんの話をすると、彼は頷いて「そりゃ、心配だよね」と言った。まあ、ダニエルさんは心配して帰ったわけではないと思うんだけど、とりあえず頷いておいた。

「寂しくなったね」

そう言う吉田さんの言葉に素直に頷いた。ずっと一緒に過ごしていたわけではないし、昔からの友人ってわけでもないけど、一緒に暮らしていた人がいなくなるというのは、寂しさを感じさせるものだ。

吉田さんを見送り、玄関を閉めて居間に戻ると、川口さんが持ってきていた書類をまとめるところだった。話が終わったらしい。

「…じゃ、そういう話で進めるよ。また、できたら確認に持ってくる」

川口さんと向かい合って座っていた浅井の横に座り、話し終えた彼に聞いてみる。

「いつの発売になったんですか？」

「二月くらいだよ。年明けから宣伝打つつもりだけど」

「早いですね」

「浅井くんの承諾さえもらえば、すぐに出せるようにしてあったからね。それに、浅井くんの気が変わらないうちに…というのもあるんだ」

いたずらっぽく笑って言う川口さんに眉をひそめて浅井は煙草を取り出す。川口さんの言うのはもっともだと思うよ。逃げそうじゃん。浅井って。

「忙しくなりそうだよ。写真展の準備にインタビュー受ける先も決めなきゃいけないし」

「インタビュー…ですか?」

眉をひそめたままの浅井に代わって川口さんに聞く。インタビューって?

「雑誌とかに宣伝のためにね」

「…やらんぞ。俺は」

「何言ってんの。やってもらわなきゃ困るよ。とにかく今回は派手に宣伝するんだから。浅井青士の写真集がようやく出ます! って」

本当に川口さんって自分の仕事が好きなんだろうなって思っちゃう。つぶらな瞳をキラキラさせて少年のよう。浅井の凶悪に歪《ゆが》んでる顔を気にしないでいられるなんて、ドリームの世界に生きてるよな。この人も。

「でも、本当に勿体ないよね。僕、広瀬から浅井くんが報道やってるって聞いた時、信じられなかったよ。あまり、こういう風景写真から報道に転向する人っていないしさ。浅井くんはこれで十分食べられるわけだし、大体、どうして報道に行ったの？」

川口さんの疑問はもっともなものだろう。広瀬さんと出会った当初は風景写真を撮っているだけで報道の方はやっていなかったという話の浅井である。浅井のやってた仕事内容なんてまったく知らない俺だけど、想像するに、俺が知ってる浅井の写真…南国とか砂漠とかの…とはまったく違うものを撮ってたんだろう。

浅井は川口さんの質問に答える気はないみたいだったけど、俺まで横からじっと見て返事を待っているものだから、俺をチラリと横目で見て、渋々といった感じで口を開いた。

「別にカメラマンになりたいわけじゃなかったんだ。これを撮ってた時は。その後、報道に入った時も別にやりたいわけじゃなく入ったんだよ」

「理由があるのかい？」

「別に」

そのまま浅井は煙草をふかしているだけで、それ以上は話すつもりはないみたいだった。川口さんも諦めて、時計を見ながら席を立つ。帰る彼を浅井と二人で玄関まで見送った。正確には行こうとしない浅井を引っ張っていったんだけど。

「インタビューだって。浅井さん、有名人じゃん」

玄関のドアを閉めて、浅井を見上げてからかうように言うと、浅井は片眉を上げていやそうな顔をする。有名人か。もうすでにそうなんだろうけど。

「前回の写真集発売の時、俺は全然知らなかったんだけど、飯島とか広瀬さんの話を聞くと、すごく評判高かったみたいだろ？　きっと、今回は川口さんが張りきってるし、もっとすごいんだよね」

「…冗談じゃない話だな」

「そういうのいや？」

「目立ちたくないからな」

そりゃ、そうかな。浅井なんて立ってるだけで目立つから。川口さんの言うインタビューというのもどんなものだろう…と想像していると、浅井が腕組みをして言う。

「つぐみだって、有名人だろ？　本、置いてあったぜ」

本…と考えて、それが吉田さんが置いていってくれたコミックスの見本だと気づいた。浅井はあれを見たのだろう。

「もう本屋に出てるのか？」

「来月だって」

「よかったな。つぐみ、頑張ったもんな」

見上げると、浅井は笑って言ってくれてた。それが、すごく嬉しくて。浅井が言ってくれたっていうのが余計だったと思う。だって、浅井はずっと俺を見ててくれたんだから。

一番、俺の嬉しさをわかってくれると思うんだ。

「うん」

自分でも久しぶりかも…と思うくらい、全開の笑みを浮かべた。普段からぼーっとしていな顔でもしたかな…と顔を押さえてしまう。
それを浅井は何も言わずにじっと見ていた。あまりに浅井の反応がないので、そんなに変
て表情が乏しいとまで言われる俺でも、本当に嬉しい時とかは破顔するのだ。

「…変だった？」

見上げて聞く俺に、浅井は首を振る。なら…？　と、思っていると。

「…んっ…！」

いきなり引き寄せられて口づけられた。しかもすごくディープなキス。口唇を吸われて緩んだ隙をついて、中に入り込んで動き回る舌の熱さ。場所や状況を考えて、ダメだ…と思って浅井の背中を叩くんだけどやめてくれない。

「……っ…ん…」

喉の奥であげる声も、ひそめる眉も、浅井にはなんの効力もなさずに、キスを続ける。息も満足に継げなくて、苦しさと沸き上がってきてしまう熱さの中で、背中を叩く掌にも力が入らなくなってきた時。

「は…あ…っ」

ようやく離してくれた口で息を荒く継ぐ。引き寄せられて腰に回されている長い腕は離れていない。

「浅井さん！　何するんだよ！」

「だって、あんまりつぐみが笑うから」

真っ赤になって怒る俺に、浅井はしれっとした顔でふざけた返答を返す。じゃ、何か？俺は笑うたびに浅井にキスされてなきゃいけないわけ？

「バカじゃないの？　玄関先でこんなコトするなよ。誰が入ってくるかわかんないのに」

「いいじゃん。入ってきたって。それより…」

いやな予感。俺はきっとした目つきで浅井を睨みつけると、腰に回された腕を力をこめて押しやろうとする。

「離せ…って」

「しようぜ。つぐみ」

「バカ！」

予想通りの台詞を吐かれて、ますます怒りに満ちた顔になり、俺は浅井の腕を摑む手に力を込める。目の前のバカが全然堪《こた》えていないのがわかるのが、また、悔しい。

「すっげえつぐみ可愛《かわい》いからさ。ここでする？　向こうでする？」

「しないっ!!」

増長するバカに大声で叫んだ。こんな大声を出すなんて、俺の人生には滅多になかったコトなのに、浅井と会ってからは怒ったり笑ったり忙しいよ。ホント。

離れない浅井にイライラしながら、ひっ掻いてやろうかとまで思った時だった。小さな声が聞こえてきた。

「あのう…」

はっと二人で振り返れば観月くん。

「俺、下に帰りますから…あっちで」

「おう、観月。悪いな」

返事する大バカの腕を本気でひっ掻いてやった。爪伸ばしておくんだったって思うくらい。

「離せ！　観月くん、帰る必要ないからね！」

両方に大声で言って。もう、なんだか性格変わりそう…なんて思っていた。


浅井を諦めさせ、観月くんを引き戻して、危機を回避した俺は、夕飯までに時間があったので一人仕事部屋に入って次のネームにかかった。少しでも進めておいた方がいいだろうと思って。

一区切りをつけて時計を見れば七時を過ぎていた。ネームに入ると時間が経つのが本当に早い。凝ってしまった肩をコキコキ鳴らして、部屋を出た。居間では観月くんが自分で持ち込んだTVゲームをやっていて、浅井はテーブルで川口さんが置いていったらしい資料を見ていた。二人は俺を見ると、「夕飯を」と言って動き出す。まったく、俺には贅沢《ぜいたく》な環境だよな。

何もすることのない俺は、やろうと思っていたコトに取りかかった。七時過ぎ。帰ってきてるよな…と思い、受話器を持ち上げる。

ジーコジーコと黒電話のダイヤルを回してかけたのは、もちろん、実家である。明日帰るという連絡をしておかなければならない。

自分の実家だというのに、久しぶりに電話するのはとても緊張する。特に、いろいろとあった俺は…。

誰が出るかな…。ひばりだと助かるけど…と思いつつ、呼び出し音を三回ほど聞いて相手が出るのがわかった。

『はい。加納です』

聞こえてきた声は父さんのものだった。久しぶりに聞く声に、懐かしさがどっと溢れてくる。

「父さん？　俺だけど」

『え？　つぐみ？　元気か？』

俺の声を聞いて、途端に明るい口調に変わった父さんが、今どんな顔してるか想像できてしまって、思わず笑みが漏れた。父さんは昔から人が好《よ》すぎるくらいの人で、母よりもずっと心配性だから。

「うん。ごめん。ずっと連絡してなくて」

火事でアパートを出て、浅井の家に厄介になるのが決まった時、父さんには電話をしてあった。事情はまったく話してなかったけど、電話番号が変わったコトと、夏休みだけど忙しくて帰れないってコトを。

『学校、忙しいのか？　この間は、ひばりが世話をかけたな。元気そうだったって言ってたから安心してたんだけど』

ひばりには自分から詳しい事情は説明するから、何も言わないで欲しいと言ってあった。だから、父さんは今でも俺が大学に行ってると信じてるし、大学が忙しいから連絡できないと思ってる。そう思うと、良心がチクチク痛んだ。

「あのさ。突然なんだけど、明日そっちに帰ろうと思って。夕方には帰ってきてるよね？」

『え？　そんな急に。土日に帰ってくれば父さん休みなのに。母さんも今出張でいないんだよ。来週には戻ってくるから、来週の土日とかにできないのかい？』

「ちょっと忙しくてさ…明日じゃないと。夜には帰るからいいよ。話がしたいだけなんだ」

『そんな…日帰りなんて。ゆっくりしなさい』

父さんはなおも土日に帰るのを勧めてきたけど、スケジュール的に到底無理なので、強引に帰ると言い張った。申し訳なかったけど、明日には全部を説明するから許して欲しいと心の中で謝りながら。

「…ってことなんで、父さんが帰る頃に行くよ。いつもの時間に帰ってくるでしょ？」

『ああ。つぐみ、夕飯くらいは食べていけるんだろ？　父さん、好物作ってやるからな』

一人暮らしでロクなものを食べていないと思っている父である。毎日、豪華な食事を作ってもらっているなんて言えず、申し訳なさが倍増した。

「ひばりはいる？」

『まだ帰ってないよ。受験があるからね。修《しゅう》ちゃんところでレッスン受けてるよ』

そうか。ひばりには会いたかった。修ちゃんの話も聞きたかったし。父さんに明日戻ると伝えておいて…と頼んで、電話を切った。明日には会えると思うと、なんだか変な気分でもある。

「つぐみ。家に電話したのか?」

受話器を置いていると、キッチンから浅井が出てきて聞いてきた。その顔を見て、そうだ…と思い出す。浅井がついてくるって言ってたんだった。父さんに言うのを忘れた。浅井なんかと一緒に帰ったら驚くだろうな。

でも、救いは母さんが出張中ってコトか。マンガ家になるって言ったら、父さんは許してくれると思うけど、母さんは…。なんて言うか予想もできない人だから。その場に浅井がいたら、もっとパニックになると思うから、父さんから母さんに言ってもらい、正月に自分から告げるという二段階方式が一番だろう。

「うん。明日帰るよ」

「いつ?」

「父さんが会社から帰ってくる頃…。夕方に向こうに着くように」

俺の説明に浅井は「ふーん」と頷き、キッチンに戻っていった。何も言わなかったけど、やっぱ、ついてくるつもりなんだよね。どうするのか聞こうかと思ったけど、ついてこないならその方が助かるので、深追いはしなかった。浅井を連れて帰るのは外国人を連れて帰るみたいなものだしさ。田舎《いなか》だからね、うちは。一騒動あると思うんだよね。はあ。

夕飯を食べて、俺は仕事に戻った。観月くんの出番はないので、彼は下に戻っていった。十二時近く、なんとかネームの形らしいものができて、後は直しを入れるかどうするか、明日考えようと思い、風呂に入った。

浴槽に浸かりながら、朝起きて、ネームの仕上げをやってから午後に家を出ればいいかな…と、翌日の予定を立てる。父さんがなんて言うか。考えると憂鬱《ゆううつ》になりそうだけど、ほっといた自分が悪いんだし、ちゃんと話してわかってくれない親じゃないと思うから。

風呂を出て、何気なく寝室に入って。入り口付近でピタ…と足が止まった。じっと、ベッドを窺い見ると、浅井は寝ているふうではある。あるが…。

玄関で襲われそうになったコトや、原稿後だとあいつは思っているだろうと考えると、されるコトを想像してしまう。そのまま気づかれないように踵《きびす》を返して、仕事部屋で寝るか…と思い始めた時、ふと、たてかけてあるパネルに目がいった。

夜の闇の中、うっすらと見えるだけで、よく見えない写真であるが、昼間の川口さんの話を思い出す。新しい写真集の展覧会ってのも、こういうふうに大きなパネルを作ってやるんだろうか。

そう思って、思い出したのは、浅井にもらって仕事部屋に貼ってある写真。俺がとても気に入っている砂漠の写真も写真集に載せてくれるのかな。あれもパネルにするんだろうか。

そしたら、すごく綺麗だろうな。あの色。日が落ちる前の空の色。

そんなふうに考えていた俺は、完全に油断していたんだ。だから、はっと思った時には浅井がベッドから降りて、あっという間に大股で俺の方に歩いてきていた。リーチの長い浅井である。俺が逃げようと身を翻した頃には腕を掴んでいた。

「どこ行くんだ」

「俺…っ、向こうで寝るし」

「何言ってんだか」

呆れたような声で言うと、そのまま俺を引きずってベッドに放り込んでしまう。くう。悔しいけど、浅井にかかっては荷物扱いなんだった。

「浅井さ…！」

「寝ようぜ。明日早いんだから」

早い？　何言ってんだか…と思ったんだけど、浅井の下にいる俺としてはそれどころじゃなくて。それでも、浅井は俺を抱きしめてるだけで何もしてこない。こういう時の浅井は何もしないと思い、力を込めていた身体を緩める。

冬になってきて、室内すべてに空調が効いているとはいえ、やっぱり寒く感じる時もある。そんな時、人間二人で寝ているだけで、とても暖かく感じるんだなあって、俺はこの冬初めて知った。

「浅井さん」

「ん？」

「報道のカメラマンになったのって、単なる偶然なの？」

川口さんに理由はない…みたいな話をしていたけど、前に俺には「やらなきゃいけない」って言ったのを覚えていたから。どっちが本当なんだろうって、少し気にかかっていた。

浅井は少しの間黙ってから、低い声で話し始めた。

「違う。人に言う話じゃないから言わないだけだ」

なんだか、その物言いに、俺は聞いてはいけないコトを聞いてしまったのかな…と感じた。人に言う話じゃない。そういう種類の話があるのを、俺だって短いけれど、生きてきている中でなんとなくわかってきたつもりだった。

だから、そのまま聞かずにいようと思ったんだけど。浅井は聞かない俺に、自ら「人に言う話じゃない」という話をした。

「俺の父親が報道カメラマンだったんだ。それが死んで、跡を継ぐとかじゃないけど、俺にやらせたかったのを知ってたから。何もしてやれなかったからな」

浅井の話を聞いて、すごく後悔した。自分から話さないにはわけがあるはずなのに、不用意に口にした自分を。なんて言ったらいいのかわからずに、じっと黙ったまま動けなかった。

浅井の家族の話を聞くのは初めてだった。以前に国籍とかの話は聞いたけど、両親がどうしてるかは聞いてなかった。浅井も何ひとつ言わなくて、家族との縁が薄いのだと感じてはいたけれど。

その話はすごく重く、俺の胸に打ち込まれた。何もかもを自由にして生きてきたような浅井が、枷《かせ》なんて何もないように見える浅井が、自分の生き方を決めるほどに親を思っていたなんて。

「つぐみ?」

「…ごめん。余計なコト聞いて」

謝る俺に、浅井が軽く笑った。

「何言ってんだ。つぐみにはなんでも話すって言っただろう? 忘れたのか?」

覚えてる。それがどういう意味かも、浅井が俺の前だけでこういう話をする意味も、わかってるから胸が痛くなる。

そのまま何も言わずに腕の中にいた。何も話さずに寝てしまうのは簡単だったけれど、あまりに頭の中を支配してしまった事柄が、眠りにつかせてくれない気がして、別のコトを考えようとした。そう思ったら浅井の写真が浮かんだ。

静かな空気が流れている中、夕焼けの色を思い出しながら、小さな声で尋ねた。

「浅井さん。俺がもらった写真あるでしょ?」

「写真?」

「砂漠のヤツ」

ああ…と浅井は呟くように言う。

「あれ、今度の写真集に入るのかな」

「あれか…。どうして？」

「俺、気に入ってるからさ。川口さんが写真展やるって言ってたし、またパネルにするなら、大きくして見たら綺麗だろうな…って思ったからさ」

説明するように言って、目を閉じれば、砂漠に日が落ちる前の色が瞼《まぶた》の裏に広がっていくようで。懐かしいような空の色。

そうやってじっとしていたら、浅井が動いた。横抱きにされていたのに、目を開くと浅井が上から覗き込んでいる。

「浅井さん？」

「やっぱ、したくなった」

げ…！　顔を思いっきり顰めて、浅井の下から抜け出そうとする（無駄だと思うが、とりあえず…）。油断大敵。まさにそれ？

「明日出かけるしさ。つぐみ、しんどいだろうからしないでおこうと思ったんだけど、ダメ。なんで、そういう可愛いコト言うわけ？」

可愛い？　何か、浅井の神経がよくわからないぞ。俺は。

「もう…浅井さんてば！　いやだ…っ」

ついさっきまで、浅井って考えてる以上に大変なんだな…とか思ってたのに。こういうのがあるから、心からは尊敬できないんだよ。

不平を胸に、脱がせてくる手を追いやろうと懸命になっている俺に、浅井が一言、真面目な声で漏らした。

「つぐみ。いつか見せてやるな」

「え…？」

思わぬ真剣な口調に、何を…？　と聞く間もなく、そのままキスされる。口づけを受けながら、砂漠のことかな…と思った。前にも言われたし。砂漠に連れていってやるって。あの風景を、実際に見られるのなら、素敵だろうけど。

その前に、這い回る掌をなんとかして欲しいと思いながら。無駄だとわかっている抵抗を続けていた。懲りないよな、俺も。


結局、浅井に抱かれてしまい、寝たのは三時過ぎ。そんな時間に寝たら、原稿が忙しい時期でもないんだから、お昼近くまで寝ていたい俺なのだが。

「つぐみ。つぐみ」

名前を呼ぶ声に眠い目を開ける。寝返りを打って声の方を見れば、ベッドの端に浅井が腰かけて名前を呼んでいた。

「起きたか？」

「…う…ん。何時？」

掠れた声で聞くが、やけに眠い。睡眠から覚めきらないんだ。それもそのはず…。

「七時だ」

嘘。なんでこんな早く起こすわけ？

「もうちょっと寝かせて…」

布団《ふとん》を頭から被り、浅井に背を向けたんだけど、それを簡単に引き剝《は》がされた。浅井が強引に俺を起こすなんて。何かあったのかと思い、渋々身体を起こす。

「どうしたの？　何か…」

「出かけなきゃいけないだろう」

「出かける？」

「実家」

はあ？　と口を大きく開けて浅井を見た。昨日、人の話聞いてなかったんだろうか。夕方に向こうに着くように行くって言ったよね？

「浅井さん。そんなん午後から出れば間に合うって。どこだと思ってんの。うち」

「でも、最低、五時間はかかるぞ」

「五時間!?　何で行くつもり？」

「車」

まあ、そりゃ、車ならね。でも世の中には新幹線という便利なものがあるわけだし、うちは駅から遠いわけではないので、東京駅から乗り継ぎ含めて三時間で行けるのに。わざわざ車で行く必要はないと思うんだけど。

「新幹線で行けばいいよ。早いよ。その方が」

「でも、帰りはどうするつもりだ？」

「帰り？」

聞かれて考えてしまう。うーん。確かに、夕方に向こうに着いてたら、最終でこっちに戻ってくるまで数時間しかないか。それで話ってのもきついかなあ。

「俺が運転するんだから、つぐみは横に乗ってればいいんだし。車の方がいつでも帰ってこれるから便利だぞ」

「まあ、そうかもしんないけど」

言い淀《よど》んだ俺の隙をついて、浅井は「決まりな」と言って部屋を出ていってしまう。なんだか釈然としないまま、俺はベッドを降りて服を着替えた。外はもう寒くなってるし、セーターを着て、居間に行くと浅井は準備万端といった感じでキイを持って待っていた。なんかやる気だなあ。

「浅井さん。でもさあ。車で行っても昼過ぎに着いちゃうよ？　するコトないじゃん」

「何かあって遅れたらいけないだろ？　それに初めて行く土地だからいろいろ見たい」

いろいろったって、観光なんかするところないし、つき合わないからね。

俺は早くに着いてしまったら、家でネームの続きでもやろうと思い、仕事部屋でデイパックにネーム用紙やらシャーペンやら定規やらを詰めた。妙に行く気満々の浅井に従って仕方なしに部屋を出る。まったく、あくびが出てしまうよ。

三階で浅井は「観月に言っておく」と言って、観月くんの部屋のドアを開けた。こんな早くに観月くんだって起きてるわけがない。いつもは大体八時くらいに上がってくるのが常だし。

案の定、浅井が観月くんが使ってる部屋を開けると、観月くんはベッドの中で寝ていた。浅井に起こされ、俺たちが部屋にいるのに気づいた観月くんはすごく驚いて、一気に目が覚めた様子。ベッドに起き上がった彼は、いつもはまとめている長髪がざんばらになっていて、眼鏡《めがね》もないし、別人のよう。悪いことをしてるなあ。

「…だから、今日一日いないし、遅くなるから」

「あ、はい。わかりました。お気をつけて」

観月くんはまさか、浅井まで俺の実家に行くとは思っていなかったらしく、目を丸くしていた。本当に、俺だって断る勇気さえあればね。

観月くんの部屋を後にして、一階まで降りて駐車場に向かった。車に乗り込んで、浅井が発進させる。俺の実家までは高速で行かなくてはいけないので、一番近い高速の乗り口に向かい、そこから首都高に乗り、東名へと乗り継いで西に向かう。

もうすぐ、高速の乗り口というところで、浅井がはっと気づいたように言った。

「なあ。手土産《てみやげ》とかいらないのか?」

「手土産? いらないよ」

意外に気が遣えるのか？　浅井って。…と感心してたんだけど。

「この間さ。観月とドラマ見てたら、その中で、挨拶に行く時に手土産持って行ってたぞ」

「挨拶？」

浅井がどんなドラマを見たのか知らないが（最近、観月くんの解説つきでドラマを見ているのだ。日本語はわかっても内容的によくわからないコトがあるらしく、説明を受けている）、なんとなくいやな予感がして眉を微かにひそめる。いやな予感は当たる。だって、浅井が次に言ったのは…。

「親に挨拶するって緊張するよなあ」

「…なんか、浅井さん、勘違いしてない？」

「気に入ってもらった方がいいもんな。やっぱ、何か買っていくかな」

「…いいって」

どう考えても勘違いしてる…。浅井が見たドラマの内容を想像できてしまった俺は、頭を抱えてしまった。これから家に着くまでの五時間あまり。どうやって浅井に大きなクギを刺そうか。頭の痛い問題に、逃げたくなってきた。

本当に大丈夫なのかなあ。俺の不安と、浅井のご機嫌を乗せて、車は西へと進んでいったのだった。

冬の火

小さな窓を覗《のぞ》き込めば、眼下に広がる景色が白く見えた。光の反射のせいもあるのだろうが、明らかに以前に訪れた季節とは違う色。冬独特の淡色な色合いが街を色づけている。

「青士《せいじ》様。コーヒーはいかがですか？」

「いい」

丁寧な英語で勧められたコーヒーを断り、再び街の景色に目を落とせば徐々に飛行機の高度が下がってくるのを感じた。私物であるビジネスジェットに乗っているのは客員を合わせても四名。空いた空間に流れる沈黙が痛いほどだった。

「あと十五分ほどで着陸いたします」

スチュワーデス…というより、秘書といった雰囲気のブロンドの女性が柔らかく告げて、顔を向ければ反対側の席から自分を見ている視線に気づいた。すぐに視線を外して頭を下げた顔は何時間か前に突然現れた時と変わらない、疲れた顔色を晒《さら》している。

青士はそんな鹿島《かじま》に隠れて溜め息をつくと、彼を見ずに声をかけた。

「着いたらすぐに病院か？」

「はい。お願いできましたら…」

「遠い？」

「いいえ。三十分もかからないと思います」

鹿島の返事に頷《うなず》いて、窓を見れば白く煙ったボストンの景色がますます近くに見えてきた。夏の日。ここを訪れた自分は黒い服を着ていた。

あれから、もう半年も経《た》ってしまったのか。

そう思うと、知らないうちに溜め息が外に漏れてしまう。それを聞いた鹿島が申し訳なさそうに俯《うつむ》いた。青士にとって、こうしてボストンに向かっていること自体が本意ではない。それをよくわかっていながら、頼む相手は青士しかいなくて。青士の帰国を待つように鹿島はNY《ニューヨーク》に向かったのだ。

鹿島がNYに帰ってきた青士の元を訪れたのは数時間前のことになる。

砂漠の国から、寒い厳冬のNYに帰国して疲れた身体《からだ》を休めていた青士は、起きてすぐに意外な人間の訪問を受けた。ボディガードを連れ、大層な車で現れたのは、古くからの友人であるダニエルの家の執事である鹿島だった。

ダニエルは全米で最大級の規模を誇る企業体…グレイフォークグループの中枢企業の社長職を、高齢な父親の後を継いで担っている。彼がその職に就いたのは二年前…彼が弱冠二十三歳の時だった。彼の年の若さや、カリスマ性を持った父親の息子であるという要因が当然、周囲の反感を呼び、彼を歓迎するムードは会社側にはまったくなかったものの、卓越した頭脳と企業家としての才能に優れていたダニエルはあっという間に周囲に認められていった。

彼が就任してからというもの、グループ全体の収益は上がる一方で、実績を見せつけられた上層部が頷かざるを得なかったのも事実だ。

いつだって冷静で優秀で完璧。なんの欠点も弱点もないような彼だが、そんなダニエルにも決定的な弱みがあった。


空港に無事に着陸した飛行機は自家用ジェットの並ぶ場所までゆっくりと進んでいった。止まった機体のドアを秘書と乗務員が開け、鹿島と共にタラップを降りる。ビジネスジェットのすぐ横に黒いリムジンが停《と》まっていた。ドアを開ける運転手に小さく礼を言って、青士は先に車に乗り込んだ。

青士の後から車に乗り込んだ鹿島が運転手に何言か告げると、静かに車が走り出す。雪こそ降っていなかったが、冷たい空気が町中を包んでいるようだった。渋滞もなく、スムーズに街を走っていく車内で、青士が窓の外を見たまま口を開く。

「具合の方はどうなんだ？」

「傷は深くありませんでしたので、傷口はもう塞《ふさ》がっているのですが…。誰とも口をおききになりませんので…」

鹿島の突然の訪問の理由を聞き、一緒に来て欲しいと言う彼と共にすぐにアパートを出てきた青士は、何も詳しい話を聞いてなかった。

ダニエルが自殺しようとした…という話以外。

「先週…新年の休暇も終わり、業務が始まって一週間ほどが経った頃でした。社から戻られて自室に入られ、いつもなら食事に降りていらっしゃるのですが、なかなか降りていらっしゃらなかったので不思議に思い、部屋を覗いたところ…」

「何か…あったのか?」

「いえ…。私には思い当たる節は…。ただ…」

「ただ?」

「クリフ様の命日だったので」

静かに目を上げて青士を見る鹿島の顔は、痛々しいほどにやつれて見えた。小さな頃からの二人を知っているだけに、クリフが亡くなった時も、鹿島はダニエルのことを心から心配していた。

「本当のことを言えば、私も少しは気を抜いておりました。亡くなってからしばらくは本当に一時も目を離さずにいたのですが、新しい年になり、ダニエル様もすっかり落ち着かれたのだと思っていて」

「俺だってそう思ってたよ。ここのトコ、お前からの電話もなかったし」

「はい。十月でしたか…。それ以降は行方《ゆくえ》もくらまされることなく、仕事に打ち込んでおられたのですが」

ダニエルはクリフの死後、何度か行方不明になった。客観的に見れば他愛のない話で、ただ誰にも告げずにふらっと出かけてしまうだけで、しばらくすれば自ら戻ってきていた。だが、そのたびに鹿島はダニエルを捜し回り、青士にも行方を知らないかと電話をかけていた。

それも、今回のような自体をどこか知らないところで引き起こしてはいないかと、ずっと鹿島が心から心配していたためだ。

「まあ…まだ一年も経ってねえんだからな」

座席に音を立てて凭《もた》れかかり、派手に溜め息をついて言う青士に、鹿島が顎《あご》を下げる。

クリフが亡くなったのは夏の日。抜けるような晴天が空に広がっていた。こんな冬の景色からは想像できない、青々とした緑が街を包み、誰もがバケーションの計画を立てていたような、夏の入り口だった。あれから半年。暑さを忘れてしまった空気が冷たく世界を覆っている。

「会社の方は大丈夫なのか？　先週ってコトは、それから行ってないんだろ？」

社長という座についているダニエルにとって、予定された休暇でもなければ一週間という長き時間を休むことなど許されるわけがない。鹿島は青士の質問に少し顔を曇らせて頷いた。

「はい。業務の方は旦那様が…」

高齢ではあるが、まだまだしっかりしていて現役で働いている父親が代役を担っているらしかったが、鹿島の口振りではあまり大丈夫ではないように感じる。元々、ダニエルには母の違う兄が何人もいて、その中でも一番年の若いダニエルが父親の後を継ぐことにいい顔をしなかった人間は山ほどいる。ダニエルの隙《すき》につけ込んで、その座を奪おうとしている輩《やから》は掃いて捨てるほどいるのだ。

青士は小さく舌打ちをして、窓から外を見た。街中を通り過ぎ、車は郊外へと向かっているようだった。しばらくすると木々に囲まれた四角い建物が見えてきた。鹿島が横から「あそこです」と耳打ちする。一般の病院ではないのか、門を入るところでセキュリティのチェックを受け、車は静かに広い敷地内へと進んだ。

白い壁の中層の建物が何棟か建っていた。建物同士の間隔はかなり広く取られており、間は公園のようになっていて、車椅子を押された患者らしき人間が疎《まば》らに見える。それ以外はまったく病院らしい雰囲気はなかった。

車が静かに停まったのは一番奥手にある建物の横だった。すぐ後ろは森になっていて、樹が生い茂っている。運転手がドアを開け、鹿島が降りたのに続いて青士も車を降りた。鹿島が「こちらです」と案内して歩いた先は建物の裏口で、車が正面につけられなかった意味が知れる。

ダニエルの入院は絶対的な極秘扱いにされているようだった。それも、入院の原因を考えれば当然のことだろう。ダニエルにとっては致命的なスキャンダルになりかねない。

鹿島とボディガード一名と共に中に入り、最上階のダニエルの部屋に上がった。その途中でも看護婦や他の患者などに誰一人として出会わず、病院らしさなどまったく感じられない。

「鹿島です」

ノックをしながらドアの前で鹿島が名乗ってもなんの返事もない。鹿島はそれに慣れた様子で青士に「どうぞ」と入室を促した。開けられたドアから青士が無言で室内へと足を踏み入れると、窓際に設《しつら》えられたベッドの上に人影がある。

青士は入ってすぐのところに立ち止まり、ダニエルに最後に会った時を思い出した。それは半年前…クリフの葬儀の時。お互いが黒い服でほとんど何も話さなかった。そのまま仕事の忙しさも手伝って、会ってなかったのだが、青士にはその半年という期間がとても長く感じられた。それまで、クリフを挟んでのつき合いの中で、半年会わないなんてざらにあり、一年以上会わなくても何も感じなかったつき合いだというのに。

それほどにダニエルは青士が知っている彼とは雰囲気を違えていた。

元来白かった顔色が透き通ったような色になってしまっている。窓から外を眺めていて、こちらを振り返らない横顔は、まるでよくできた人形のようで。水色の瞳も綺麗《きれい》な金髪も、造りもののように感じられる。

以前だって人形のような完璧な外見を誇っていたダニエルだけど、こんなにも人間味が欠けていることはなかった。まるで動くのを拒否したぜんまい仕掛けの機械人形。

青士は眉《まゆ》をひそめたまま小さく舌打ちをすると、部屋の中へと一歩を踏み出した。カツン…と彼の履いていたブーツが音を立てて、それに反応したダニエルがゆっくりと顔を動かした。

「…何しに来た？」

「何してんだ？　こんなトコで」

「青士こそ」

表情こそないが、青士を見てすぐに言葉を発したダニエルに、部屋の外から様子を窺《うかが》っていた鹿島がほっと溜め息をつく。誰にも…小さな頃から一緒にいる自分にさえも少しの反応も見せなかったのに、青士にはこうして口を開いた。鹿島はNYまで青士を迎えにいってよかったと心から思った。

「俺は…お前が騒ぎを起こすから呼びつけられたんだろーが」

「青士には関係ないのに」

「関係ない…か。関係ねえなら嬉《うれ》しいんだがな」

諦《あきら》めたような口調で言って、青士はダニエルのベッドの足元に乱暴に腰を下ろした。柔らかく沈み込む感覚に舌打ちをしたくなる。ダニエルはなんでも持っている。なのに、なんで…？　という疑問は今の彼には酷だろうか。

唯一のものを失ってしまった彼にとっては。

まるで病室らしくないダニエルの部屋を出ると、鹿島が悲痛な面もちで青士に話があると言ってきた。青士は話の内容がわかるだけに聞きたくなかったのだが、小さい頃からダニエルの面倒を見続けているという忠義心厚い鹿島を無視できなかった。

ボディガードを下げて、二人で寒い外に出て広い病院の庭を歩く。息の白さが煙草《たばこ》の煙よりも白いほどだ。少し小高くなった場所にあるベンチを目指して枯れた芝を踏みしめた。

「青士様。ご無理なお願いだとは重々承知しているのですが…」

言いにくそうな口調でそう切り出した鹿島は、青士にしばらくの間ボストンに滞在してくれないかと頼んできた。自宅で倒れているところを発見されて病院に運ばれて以来、鹿島とさえ口をきかなかったダニエルが、青士にだけはすぐに口を開いた。鹿島はその様子を見て、予想していたものの、ダニエルの青士に対する信頼の厚さみたいなものを実感した。

「やっぱり、ダニエル様は青士様を頼ってらっしゃるから…」

「頼ってなんかねえよ。あいつと俺は仲が悪いって知ってるじゃねえか」

「でも…青士様とは普通に話をなさいます」

「意地張ってみせてるだけだろ」

咥《くわ》えている煙草の味がやけに苦く感じられた。ダニエルが青士を特別扱いしているとすれば、それは自分自身への信頼や友情などといったものではなく、青士が元はといえばクリフの友人であり、クリフとの時間を共有した唯一の相手だとダニエルが認めているからに他ならない。そうわかっていたからこそ、青士は鹿島の頼みを頭から否定することもできずに黙って立っていた。

「この半年、ダニエル様は強い精神力で頑張ってこられました。私もやはりダニエル様は普通の方とは違う強さを持った方だと思っておりましたが、やはり…」

「だからと言って、俺には何もできないと思うけどな」

「けれど…一緒にいてくださるだけで、ダニエル様は…」

言葉を詰まらせる鹿島を見下ろし、青士は咥えていた煙草を指先で捻《ひね》りつぶす。苦い後味が口の中を埋めつくす気がした。

「…本当に何もできないぞ」

「青士様…」

「しばらく厄介になる」

安心した表情を見せる鹿島に、青士は無表情な顔を向けてからダニエルがいる病室を見上げた。自分は何もできない。それをよくわかっているのに鹿島の頼みを引き受けてしまう自分は、本当に人が好《よ》い。ダニエルが自分を通してクリフを見ることで、本当に彼の慰めになるのだろうか。青士は溜め息の出るような疑問を抱えながら、新しい煙草を取り出した。


あくる日。すでに傷の完治していたダニエルを退院させてボストンの家に移動させることになった。前日に鹿島と共にダニエルの家に帰っていた青士が、朝、二人で病院を訪れると、看護婦が慌ててダニエルがいなくなったと告げてきた。

「鹿島。あまり騒がずに。とりあえず敷地内を捜せ」

鹿島やボディガードに指示して、青士は自ら病棟内を捜し回った。そして、屋上に上がった時、フェンス際にいるダニエルの後ろ姿を見つけた。

「何してんだ？」

安堵《あんど》の溜め息を隠してつきながら青士が声をかけると、フェンスに手をかけて庭を眺めていたダニエルが振り返る。屋外で離れて見るダニエルはずいぶんと痩《や》せて見えた。青士は舌打ちをしたいような気分で近寄っていく。

「今度は飛び降りようなんて考えてねえだろうな」

「考えてないよ」

「賢明だ。棺《ひつぎ》に入ったぐちゃぐちゃの顔なんか見たくねえからな」

「最近の死に化粧は巧《うま》いらしい」

冷たい空気の中で、固まった表情のまま言うダニエルの言葉はどこまで本気なのかわからなくて、青士は音を立ててフェンスに凭れかかる。はあ…と乱暴に息を吐いてコートのポケットから煙草を取り出した。

「寒くねえのか？」

「寒いよ」

「中に入ってくれるとありがたいんだがな」

無表情な顔ながら真剣に言う青士に、ダニエルは思わず笑いを漏らした。彼が泣き言を言うなんて珍しくて、からかいたくなってしまう。

「青士は暑さも寒さも平気なんだって思っていたが」

「何言ってんだ。暑いのは平気だが、寒いのはな。かなわん。特に向こうに行ってたし」

「あっちも夜は冷えるだろ？」

「こういう寒さとは違う」

煙草に火をつけるための小さな火にさえあたりたくなるような凍える日。低い雲が頭の先まで垂れ込めて気分までも暗くさせる。ダニエルは小さな笑いをもう一度浮かべて、ゆっくりとドアへと歩き始めた。目の前を過ぎていく姿を見つめながら、青士は聞いてみたい言葉を飲み込んだ。

自分がダニエルの精神安定剤になれるとは思わないが、鹿島にも誰にも話をせずに固まっていたダニエルが少しでも笑みを見せるなんて、たぶん、自分と二人きりの時だけだ。お互いが親友だと言えるような間柄でもないし、それほどの仲でもない。そうわかりきっていても、実際、今ダニエルの一番近くにいるのは自分なのだ。

鹿島の言うように、ダニエルにも限界が来てるのかもしれない。唯一の人間を失ってしまったというのに立ち止まる時間も与えられず、ずっと仕事をこなしてきた。時折行方知れずになっていたのは自分たち周囲の人間に対する警告だったのではないか。

青士はドアを開け中に入っていく背中を見つめた。金髪が寒風になびく。細くなった白い首筋。溜め息と共に白い煙を吐き出し、暗い空を見上げる。おかしな縁だと思った。自分だってダニエルだって周囲にいやってほどの人間に囲まれている。くされ縁ではあるが、反目し合ってきた自分たちが結局はこうして一緒にいることを思うと、やはり、それが縁というものなのかと思った。

ダニエルはしばらくの間休養を取り、ボストンの自宅で静養することになった。自宅に戻っても変わらず、まともに口をきけるのは青士くらいで、とても仕事を再開できる状態ではなかった。社内ではダニエルの立場を危ぶむ声も上がっていたが、彼の身体を一番に考えた鹿島がすべてをシャットアウトして静養できる環境を作り上げた。

それには青士も賛成だった。今、無理やりダニエルを仕事に戻しても同じことを繰り返すだけだろうし、もっと最悪な結果が待ってるかもしれない。ダニエルがもしも自ら仕事に戻ると言う日が来るなら、彼ならばブランクも補えるほどの働きができるはずだから。

ダニエルの家に同居せざるを得なくなった青士は、元来休養など取らずに何かしらしてきた人間だったので、ダニエルを見張ってるだけという役に飽きたらず、料理から掃除までハウスキーパーのように働き始めた。

「青士様。あの…今聞いたのですが…」

焦った顔で部屋に入ってきた鹿島をメイドと一緒に電球をつけ替えていた青士が振り返る。脚立に乗って切れかかっていた天井の電球を外しているところだった。なんでもやってくれて、なのにかっこいい青士は今やメイドたちの間でアイドルとなっていた。

「なんだ?」

「コックを…料理長を辞《や》めさせたって…」

「ああ。あいつの飯、マズイだろ？　本当のこと言ったら怒って出ていった」

クスクス笑ってしまうメイドを少し睨《にら》んでから、鹿島は困った顔で青士に言う。

「でも、こんな急に辞められても。今晩からの食事が」

「ダニエルの分なら俺が作ってやるよ。なんならお前らの分も作ってもいい。じーさんトコは別のコックなんだろ？」

「まあ…旦那様とはご覧の通り屋敷自体を別にしておりますので…」

ボストンに本拠を構えるグレイフォーク家の敷地の広さは、敷地内にビジネスジェットが発着できる飛行場があるほどの広さだ。その中にある本宅にダニエルの父親が住んでいて、ダニエルが住んでいる屋敷は離れたところに別に建てたものだ。それでも十分な大きさで十何人という使用人を使っているような規模だが。

そこのコックが青士は気に入らなくて。味にうるさい彼曰《いわ》く、「マズイ」。

「あんなマズイ飯食ってたらお前らの味覚も変になるぞ。鹿島。雇う時は徹底的に味見しろよ」

「すみません。今からすぐに次のコックを当たってみますが…」

「俺がテストしてやるから。経験があっても料理は味覚だからな。味覚音痴の奴はダメだぞ」

そう言われて鹿島は困った顔で頷いて急いで部屋を出ていく。お客に食事を作らせるなんて失礼があっては自分の立場がないのだ。青士は笑って鹿島の困り果てた後ろ姿を見ながら、取り外した電球をメイドに渡す。脚立から降りた時、ふと視線を感じて振り返ればダニエルが立っていた。

ダニエルの姿を見て、メイドが頭を下げて急いで去ろうとする。脚立は持っていってやるからと言って、青士はメイドを行かせた。

「青士。鹿島の代わりに執事になれるよ」

「何言ってんだ。お前の世話なんかごめんだ」

「じゃ、コックは？」

「今日からしばらく俺の飯だからな。ったく。お前も感じてなかったのか？　マズイって」

「前のコックが都合で辞めたらしくて。ここのところあまり、味わって食べたことがなかったから」

確かに、ダニエルは青士と同じように味にうるさかったはずなのだ。青士は味わって食べてないというダニエルの状況を少し考えてから、肩を竦《すく》めて脚立を持ち上げた。脚立を片づけにいって戻ってくると、ダニエルは窓際に立って外を眺めていた。

病院から戻ってきて、徐々に口数も多くなってきて、いつものダニエルに戻りつつあるように見えていた。けれど、皆が優しく触れないように接しているだけで、なんの根本的解決もなされてない。

側《そば》まで歩いていってダニエルの横に立つと、彼は青士を見ずに外を見たままで口を開いた。

「まさかこの家で青士の料理を食べるなんて思わなかったな」

「俺だって」

「前にNYで食べたあれ…。パスタ。食べたい」

チラリと横のダニエルを覗き込むと小さな笑いを浮かべて話していた。自分を見ていない瞳を盗み見てから青士は視線を外した。「ああ」と低い声で呟《つぶや》いて、ダニエルのリクエストに応《こた》えてやるかと思う。

NYでダニエルが青士の料理を口にしたことは数えるほどしかない。それもすべてクリフの家でだ。仕事の都合上、NYに住んでいたクリフの家を青士が訪ねていき、彼の代わりに料理を作って食べている時に、ダニエルがやってきて一緒に食べていくというのが数回。いつも細かい注文をつけて青士を怒らせるダニエルを、クリフは笑いながら窘《たしな》めていた。

それを思い出して、ドキンとしてしまったのは自分だけか。自分たちが気遣うほどにダニエルの心には強くクリフの思い出は残ってないのだろうか。青士は聞くのが怖い気がして、らしくなく黙っていた。

そんなふうに優しい日々が流れていたが、優しい日々は永遠に続けることなどできず、青士もピリオドを打つ時期を窺い始めていた頃。

ダニエルがまた行方不明になった。

「心配してたのです。先月も…今日でしたから…」

「どういうことだ？」

憔悴《しょうすい》した顔で言う鹿島に青士が眉をひそめて聞く。

「クリフ様の亡くなった日ですから」

カレンダーを見れば十七日。クリフが事故に遭い亡くなったのも、夏の十七日だった。先月の十七日、ダニエルは自殺騒ぎを起こしている。

とにかく手分けして捜そうという話になり、青士は心当たりがあるからと鹿島から車を借りた。連絡するための携帯電話も借り、コートを着込んで車に乗り込んだ。朝からあいにくの空模様で曇天からは今にも雪が降り始めそうだ。まだ暖まっていない車内は冷えていて、息が白く見える。

たぶん、あそこだろう。なんとなくそんな気がして青士は車を郊外に向けて走らせた。目的地には三十分ほどで着き、人気のまったくない道路に車を停め、うろ覚えの記憶を元に歩き始めた。

並んでいるのは冷たい石。下に眠っている人を慰めるための花も寒さで枯れてしまっているようだ。青士が来たのは葬儀の時一度きりだった。記憶力には自信があったが、こんなふうに同じような風景が並んでいるところではそれも怪しいかもしれないと自信が薄れていく。けれど、十分ほど歩いて、自分が間違ってなかったと知った。少し、小高い丘になった先、黒いコートが蹲《うずくま》った姿を見つけた。青士は白い溜め息をついて、静かに近づいていった。

「墓参りなら誘えよ」

青士が近づいてきたのに気づいてなかったダニエルは、はっとした顔を振り向かせた。墓の上にはクリフが好きだった水仙がこれでもかという量で置かれていた。漂ってくる香りに噎《む》せてしまいそうなほどに。

「どこかに出かけるなら行き先を誰かに言って出てけ。鹿島が心配してる」

厳しい顔で言うと青士はポケットから携帯電話を取り出して鹿島のナンバーを押した。すぐに出た彼にダニエルがいたと伝え、通話を切った。ダニエルはゆっくり立ち上がると、「すまない」と小さな声で呟くように言った。

じっと墓を見つめたままのダニエルの横顔を青士は苦い思いで見ていた。いくら思ってもクリフは帰ってこない。そんなふうに思ってしまう自分は、何かが欠けているのだろうか。

「青士。クリフから私と愛し合ってるって聞いた時、どう思った？」

いきなり。話し出したダニエルと内容に、驚きながらも青士は答える。

「…驚いた」

「それから？」

「信じられなかった」

「なんで？　兄弟だから？」

「それもあるけど…。クリフがお前を選ぶって思わなかったから」

正直に言うとダニエルは声をあげて笑った。以前のダニエルでも声をあげて笑うなんて、滅多に見られない仕草で、青士は驚いたまま彼を見つめた。

「おかしいか？　だって、クリフとお前は全然違うだろ？」

「そう？　私には昔からクリフがすべてだったからね。気にならなかった」

「いつから好きだったんだ？」

「会った時から。クリフが十歳くらいだった。私をイギリスの学校に入れることになって、周囲の人間が全寮制なのを心配して、クリフを一緒に入れようと言って連れてきたんだ。それからずっと好きだった」

そうか…と頷いて、青士は小さなクリフとダニエルの姿を想像した。きっと、冷たい大人ばかりに囲まれていたダニエルにとって、年も近くあれほど優しかったクリフは神様みたいなものだったのだろう。

「聞いたことなかったけど、青士はクリフのこと、好きだったの？」

「友達としては当然。けど、恋人になりたいとは思わなかった」

「正直な気持ち？」

「ああ。あまり…好きとかいうのはわからない」

困ったように顔を歪《ゆが》めて言う青士をダニエルは見上げた。自分よりもいくらか高い身長。青士が自ら恋人だと紹介する相手にも、自分から好きだという相手にも会ったことはない。

「わからない…か。わからない方がいいよ」

寂しく笑って言うダニエルに、青士は何も言えなかった。いつだっていやみで意地悪で、なんだって先を越しているダニエルなのに。

「人を好きになるなんて、辛《つら》いだけだ」

低く吐き出すようにダニエルは言った。

人を愛して失って。自分が考えているよりはるかに重いダメージを受けているのだろうと思う。愛する人を持たない自分にはわからない感情だけれど。


ダニエルの愛していた兄が亡くなったのは、まだ暑かった季節。半年前の七月だった。よくある交通事故が一瞬にして彼の命を奪ってしまった。ボストンの郊外に埋葬されるために行われた葬式に青士は参列したが、その時以来、ダニエルの人形のような顔は変わらない。暑かった日。黒い喪服を着て、汗のひとつも見せずに凍りついて写真を抱いていたダニエルの姿は今でもすぐに思い出せる。

誰に対しても表情を崩すことなく、コントロールされた感情で常に冷静に接していたダニエルが唯一素顔を見せる相手。

それが兄のクリフだった。

青士が先に知り合ったのはクリフだった。五つ年上のクリフと同じ学校の寮に入ったのが縁で、その図書室でクリフから声をかけられた。彼はとても優しく物腰柔らかな人間で、知識も豊富で賢かった。青士はあまり学校内で知り合いを作らなかったのだが、クリフだけは別で、まだ小さかった彼はクリフに純粋になついていた。

だから。


「弟のダニエルだよ」

そう紹介された相手をとてもクリフの弟だと信じることはできなかった。

青士より二つ年上だというダニエルは精巧に作られた人形みたいに表情のない顔で立っていた。輝くような金色の髪。薄い水色の瞳。誰もが手に入れたくなるような、美しい人形。どこからも親しみや人間味が感じられず、とても人好きのするクリフとは天と地ほども違った。それに、クリフは黒髪に黒い瞳のスペイン系の顔立ちだったから、余計にダニエルと本当に血が繋《つな》がっているのか、疑いたくなるような違和感が二人にはあった。青士は初対面で、ダニエルとは絶対に友達にはなれないだろうと思っていた。

それは、向こうも同じだった。

「兄さんに慣れ慣れしくしてるみたいだけど、身のほどをわきまえたら？」

クリフのいなくなった場で、初めてダニエルから話しかけてきたのがその台詞《せりふ》。青士は人形のような顔が意地悪げに歪んでるのを見て、これが本性だ…と子供ながらに感じた。

「お前には関係ない」

「関係あるね。クリフは僕だけのものだよ。お前なんかが口をきける相手じゃない」

「クリフはそんなコト、思ってないはずだ」

「思ってなくても僕が決めたんだ」

ダニエルの口調はまるで王様のようで、青士は偉そうな口をきく人間を見慣れていたものの、呆《あき》れるしかないほどに彼は強固な態度を崩さなかった。各国の資産家や名家の師弟を集めた私立学校の中でも、ダニエルは本人の外見や能力もさることながらグレイフォーク家の息子だということでトップを争うような有名人だった。

そんなダニエルは兄であるクリフに近づく人間に、片端から同じような牽制《けんせい》をして追っ払っているらしく、気に入らない相手を退学させてしまったという話も流れているほどで…。

それでも、青士はクリフとのつき合いをやめなかった。ダニエルがなんと言おうと別に自分は悪いことをしているわけではないし、彼には関係のない話だと心から思っていたから。

しかし。そんな青士をダニエルが許すはずもなく。

「………」

目の前のロッカーにはどう見ても自分の私物はひとつもなかった。昨日にはちゃんとあったはずの教科書や着替えや靴までがなくなっている。間違《かし》えたのかと思い、改めて見た扉にはしっかりと自分の名前が記されていて、青士は首を傾げたまま立ちつくしていた。

思い当たる節はひとつしかない。眉間《みけん》に皺《しわ》を寄せて腕組みをした時、級友がロッカールームに入ってきて声をかける。

「なあ。一号館の玄関先に捨てられてるのってセイジのものじゃないか？」

教えてくれた級友に礼を言う間もなく、青士はロッカールームを飛び出した。青士たちの学年が授業などを受けているのは三号館で、一号館までは結構な距離がある。それを駆け抜けていくと、言われた通りに玄関先に自分の荷物がばらまかれているのが見えた。

何も言わずに無表情な顔で立ちつくす青士に、走ってついてきた級友が恐る恐る言う。

「なあ…またあの人じゃないのか？」

確かに。青士も犯人はわかっていた。ここのところ、繰り返されている嫌がらせ。

「やっぱさ…言う通りにしたら？」

「俺、前に揉《も》めて退学になっちゃった人がいるって聞いたよ？」

入学以来、青士と行動を共にしている級友二人が機嫌を窺うみたいに忠告した。青士は身体も大きく、年齢に似合わない寡黙さで、誰もがひとつ距離を置いていた。無表情な顔は何を考えてるのかわからないと評判だ。

青士がダニエルから嫌がらせを受けているというのも有名な話になってしまっていた。ダニエルの嫌がらせは露骨だったし、上級生の間ではまた始まったかと、青士がいつ折れるかという賭《か》けまで行われている始末。

「上級生なんだし、グレイフォーク家だろ？　勝ち目はないよ」

「それかクリフさんに直接言って彼に忠告してもらえば？」

クリフとは変わらぬつき合いをしていたが、彼にダニエルから嫌がらせを受けていることは一言も言ってない。クリフは違う学舎で日々を送っているし、ダニエルの巧妙な作戦で彼の耳には青士が嫌がらせを受けている話などまったく届いていない。

青士は心配する級友たちに答えず、落ちていた荷物をすべて拾い上げた。両手で抱えると自分たちの一号館に戻ろうかと踵《きびす》を返した。

その時、青士は視線を感じて振り返った。

「……………」

校舎の二階からダニエルが見ていた。取り巻きに囲まれて笑っている姿を青士は苦々しく見返した。

一号館はダニエルの学年が使っている学舎だった。その玄関先に荷物を落としておいたのは、拾いにきた自分がどんな顔をするのか見たかったからに違いない。ここで怒ればダニエルの思う壺《つぼ》だと、青士はすぐに視線を外して自分の校舎に戻った。

大金持ちの子息だけあって、ダニエルには何人もの取り巻きがいた。だから、自分の手を煩《わずら》わさなくても、青士に十分な嫌がらせを続けられた。物を隠されたり捨てられたり、中傷する噂《うわさ》を流されたりと、子供じみた嫌がらせが続いたが、青士はなんら気にするふうを表に出さず、クリフとのつき合いもやめなかった。

「学校、辞めさせられたいの？」

いつもクリフと話をする図書室で、一人本を読んでいた青士はいきなり響いた声に顔を上げた。見れば窓際にほっそりとした少年が立っていた。

「…お前。いい加減にしとけよ」

ダニエルと直接口をきくのは嫌がらせが始まってから初めてだった。クリフと青士は同じ寮にいるが、ダニエルは隣の寮だったから彼が訪ねてこない限り、青士がダニエルと口をきく機会はない。

自分から文句を言いにいく気は起こらないが、口をきく機会があったら絶対に文句を言ってやる…と思っていた青士が低い声で眉間を歪めて言うと、ダニエルは面白そうに笑った。

「なんだ。気づいてた？　全然平気な顔してるから、気づいてないのかと思った」

気づかないわけがない、露骨な嫌がらせをしているくせに、堂々と言ってのけるダニエルに青士は溜め息をつく。

「君って面白くないよね。子供らしくない」

「…お前だってだろ？」

「もっと反応してくれなきゃ。皆、すぐにクリフから離れていくよ。君が最長記録かな」

「そう」

怒ればダニエルを面白がらせるだけだとわかっているので、青士は困った気分で頷いただけだった。ダニエルは彼の座っている前の椅子《いす》に腰かけ、続ける。

「でも、クリフに告げ口しないのは賢明だよね。前にいたんだ。告げ口したヤツ。どうなったか知りたい？」

「退学させたんだろ？」

「君、賢いね」

笑って言うダニエルの顔は綺麗すぎる分だけ、鼻についた。青士は溜め息を隠さずにつくと、読みかけていた本に目を戻す。

「クリフに告げ口しなくてもこのまま、まだクリフにつきまとうつもりなら辞めてもらうことになるかもよ？」

「そうすれば？」

ダニエルの言葉に青士は本を閉じて目を上げた。他の人間はどうか知らないが、青士にとって今の状況は納得しているものではなくて、辞められるものなら辞めたいというのが本音だったから。

「…砂漠に帰りたいってわけ？」

「…調べたのか？」

「別に。ただ、うちの学校に来るには面白い事情だなあって思ってね」

笑うダニエルに青士の無表情な顔が反応した。いやそうにひそめられる眉にダニエルが追い打ちをかけようとした時。

「ダニエル？」

聞き慣れた声にダニエルが少し身を震わせる。図書室に入ってきたクリフを見て、自分に見せる笑いとはまったく違う笑顔を作るダニエルに、青士は内心で呆れた溜め息をつく。

「なに？　青士と話をしていたのか？」

「そう。同じ校舎だし時々会うから」

「そうか。よかった。青士、仲よくしてやってくれな」

優しげな微笑みで言うクリフに曖昧《あいまい》に頷いてダニエルを見れば、クリフにわからないように意地悪な笑みを浮かべている。つき合ってるだけ疲れてしまう…と青士はダニエルから視線を外した。

ダニエルが被《かぶ》っている猫は完璧なもので、クリフと三人で話をしていると、まるで青士と親友になったかのような口調で親しげににこやかに会話をする。閉口しながらつき合っていた青士だが、すっかり信じてしまっていたクリフに「よろしくな」と何度も念を押されると、事実をうち明けてしまいたい衝動に駆られた。

しかし、後日、ダニエルと仲よくなったのだと信じたクリフからダニエルのいないところでうち明け話をされた青士は、ダニエルに言われるまでもなく告げ口などできなくなった。

「ダニエルは我儘《わがまま》なところもあるけれど、可哀相《かわいそう》な子だから。青士みたいな友達がいてくれると本当に安心だよ」

「可哀相？」

どこが？　と思ってしまう。大金持ちの息子で、外見（だけ）は天使のようだし、頭も切れる。クリフという兄も近くにいる。そんなダニエルはどう考えても可哀相という単語が当てはまらないように感じた。

そういう青士の気持ちを汲《く》み取ったのか、クリフは苦笑してつけ加えた。

「あの子は頭もいいし、顔かたちもいいけれど、寂しい子なんだ。いろいろと苦労もあるしね。僕も兄としてずっと支えていってやろうと思ってるけど、やっぱり友人は必要だと思うから。あの子には取り巻きはたくさんいるけれど、友達はいないいんだよ」

親身になって言うクリフに、青士は不承不承ながらも頷くしかなかった。ダニエルと友達になれる日など来るはずもない…と思いながら、青士はこうやって心配してくれる兄弟を持つダニエルを少しだけ羨《うらや》ましくも感じていた。

続けられた嫌がらせにも全然堪《こた》えたふうを見せない青士に諦めをつけたのか、ダニエルは嫌がらせをやめていった。その代わりに、青士がクリフと話をしていると必ず、どこからともなく現れて話に入っている。そんなふうに仕方なく話しているうちに、ダニエルと青士はお互いに干渉しないというスタンスで少しずつ近づいていった。

そんな時期に。青士はダニエルの事情を知った。

消灯の時間を過ぎた寮から抜け出し、外の街を徘徊《はいかい》するのを密《ひそ》かな楽しみにしていた青士は、その日も深夜に寝静まった寮に忍び込んだ。寮の建物の裏側の塀《へい》を乗り越え、二階の自室に樹を登って入り込む。同じ歳《とし》のルームメイトは熟睡していて青士の行動に気づかない。いつものように樹に登ろうと手をかけた時だった。

どこからか密やかに話す人の声が聞こえて青士は振り返った。静けさの中で裏庭から人が近づいてくる気配がする。青士は樹に登るのを待ち、人が通り過ぎるのを待とうと身を潜めた。

「…お願いだ」

だんだんとはっきり聞こえてきた声が会話の内容を告げる。聞きたくなくても聞こえてしまう声に、青士は興味もなくて早く通り過ぎてくれないかと願うだけだった。

「もう一度だけ……もう一度だけでいいんだ」

懇願するような声をどこかで聞いた覚えがある。年のいった声は生徒の声ではない。教師だったか…と考えてると、台詞が続く。

「お願いだから…触るだけだから。いや…触れなくてもいい。その身体を見せてくれるだけでいいんだ」

低い声が囁《ささや》くように言う言葉の内容に、青士は一体…と思ってそっと振り返った。暗い闇《やみ》の中に人影がふたつ近づいてくるのがわかる。一人は格好から、神父のようだったが、カソリックの学校のため大勢神父がいるので誰とまでは判別できなかった。もう一人は学生のようで、小柄で痩せた少年だった。

けれど、その金髪を見て、青士はドキンとする。闇の中でも光るほどの見事な金髪は…。まさか…と思う気持ちの中で、青士の考えが正解なのだと告げる声がした。

「一度きりだと言ったはずですよ」

小さく響く声は、紛れもなくダニエルのものだった。青士は息を呑《の》んで状況を窺った。

「頼むから。なんでも言うことを聞いてやる」

「もう聞いてくれたじゃないですか。僕はあれだけで十分です」

「そんなことを言わずに…」

「そろそろ見回りの人間がやってくる時間ですよ。まずいんじゃないですか」

ダニエルの言葉に神父ははっとした態度になり、ダニエルの手を握りしめて何言か囁いた後、足早に去っていった。残されたダニエルは神父の姿が見えなくなると、ひとつ小さな溜め息をついた。青士はどうしたものか…と思っていたが、一瞬動いた時、カサリ…と音を立てた葉にダニエルが気づいて反応する。

「誰？」

訝《いぶか》しげな顔で言って辺りを窺うダニエルが見える。青士は出ていくのを躊躇《ためら》った。出ていけば、今の話を聞いていたのがばれてしまう。青士にとってはダニエルの弱みを握るようなかたちになり、別に都合の悪い話ではなかったのだが、卑怯《ひきょう》なことをしているような気分になったのだ。

けれど、気になって周囲を捜し出したダニエルの前に、青士は仕方なく姿を現した。

「……聞いてたの？」

さすがに、ダニエルは少し動揺している様を見せた。青士は聞くつもりはなかった…と言うのも言い訳をしてるようでいやだったので、黙ったまま立っていた。

ダニエルは何も言わない青士を見つめてから、諦めたように小さく笑った。

「まあ、いいか。言いたいなら言いふらしてもいいよ。もう知ってる人間も多いけどね」

「…お前はこんなことをする必要はないんじゃないのか？」

青士の言葉にダニエルは自嘲《じちょう》的な笑みを浮かべた。ダニエルのような立場で、自分の身体を使って人に言うことを聞かせるなど、必要ないんじゃないのか？　そう言う青士に、彼は皮肉な口調で告げる。

「僕がグレイフォーク家の息子だから？　残念だけどね。僕の母親は四番目の妻で、僕の上にもたくさんの兄がいる。跡取りでもない限り、威光を振りかざすなんてできやしない」

「だけど…」

「君にはわからないと思うけど」

青士を制して言ったダニエルの顔は厳しいものだった。いやみなお坊ちゃんと思っていた青士が意外な表情に戸惑《とまど》うくらい。

「僕みたいな外見の人間はこういう場所では苦労が多いんだよ。普通の人間からだって天使みたいだって言われるけど、特殊な人間には別の意味で天使みたいに見えるらしい。クギを刺しておかないと、毎日怯《おび》えて暮らしてなきゃいけない」

「…さっきのが、クギか?」

「偉大なる学長様だよ。クギなんて失礼じゃない?」

嘲笑《ちょうしょう》を浮かべるダニエルに青士は何も返せなかった。見てはいけないものを見てしまったな…という後味の悪い気持ちが残る。青士が「悪かった」と短く詫《わ》びると、ダニエルは唇を引き結んでその場を立ち去った。

闇の中にダニエルの背中が消えていくのを見つめながら、クリフが言っていた言葉を思い出していた。可哀相な子。クリフはダニエルのことを何もかも知っているのかもしれないな。そう思って、青士は複雑な気持ちを心の奥にしまい込んだ。


青士が学校を離れることになったのはそれからすぐだった。

急な話にクリフは別れを惜しんで、いつか再会しようと青士に何度も言った。まだ本当に子供で自分の未来がどこにあるのかもわからない状況で、青士はクリフにもう一度会えるのかわからなかったけれど、大人になってもきっと変わらないクリフと再びつき合えたらいいなと子供心に思っていた。

寮の部屋にある少ない荷物を片づけて黒い鞄《かばん》ひとつを持って部屋を出ようとした時だった。青士は事情があって自ら退校を決めたので、教師などの学校関係者はもちろん、級友たちにも何も言わずに学校を出るつもりだった。唯一話をしたのはクリフだけで、その場にいなかったダニエルも知らないはずだったのに…。

「なんで辞めるんだ？」

いきなり響いた声に、青士はびっくりして振り返った。忘れ物はないかと部屋の中を確認していたら、背後の入り口から急に声をかけられたのだ。生徒は授業中で誰もいないと思っていたから余計に驚いた。

「ダニエル？　なんで…」

「君が辞めて僕はせいせいするけどね」

部屋の入り口のドアに凭れかかって唇を歪めて言うダニエルは、青士が辞めることをクリフに聞いてやってきたらしかった。青士は肩を竦めてダニエルを見る。

「嬉しいだろ？　元通りクリフを独占できるんだから」

「ああ。喜ばしいことだよ。けど…」

少し黙ってから小さく笑ってダニエルが言った。

「君みたいに根性のある奴ってなかなかいないから。寂しくなる」

ダニエルの正直な気持ちを初めて聞いた気がする。青士は意外な台詞を歓迎するみたいに笑い返した。

「お前がそんなふうに言ってくれるって思わなかった」

「誤解するなよ。別にいい意味で言ってるわけじゃない」

最初は自分よりもはるかに無表情で人形みたいだと思ったダニエルだけど、今では細かい表情もわかるようになった。少し拗《す》ねてるような、照れた表情。意地悪や嫌がらせもその時時は腹が立ったものだけど、振り返れば癖がありすぎるダニエルとの交流の仕方のひとつだったんだと思える。

「父親のところに行くんだって？」

「……よく知ってるな。クリフにも言わなかったのに。お前、なんでも知ってるんだな」

「君、僕のこと、舐《な》めてない？」

フフン…といった感じで言うダニエルに青士は苦笑を返した。一体、ダニエルがどういう経路で調べるのかは知らないが、彼はなんでもよく知っている。そういう情報収集能力みたいなものがなければ、名家の息子などやってられないのかもしれない。

「君の父親ってどんな人？」

「さあ」

「さあって…」

「まともに話したこと、ないんだ」

だから、少し楽しみにしている…と言うと、ダニエルはふうん…と複雑そうに頷いた。青士は時計を見て時間を確認して荷物を持ち上げる。約束の時間が来ていた。

出た。

「元気でな。クリフにもよろしく」

「…ああ。もう会えることはないかもしれないけど」

確かに、ダニエルと自分の人生はまったく違うものだろうから。こんな学校生活でもなければ、少しも重ならないような人生だったかもしれない。そう思って、青士は頷いて部屋を出た。

廊下をしばらく歩いて、階段を降りる場所で立ち止まって振り返る。自分の部屋だったところからダニエルがまだ自分を見送っているのを見て、青士は黙ったまま手を上げた。それにダニエルが応えて、同じように手を上げ返す。

意外だけれど、ダニエルがクリフと同じくらいに自分にとって短かった学校生活の思い出になってるのに気づいた。

クリフにもダニエルにも。もう一度会えることがあるんだろうか。

そう思っていたのだけど。

もう二度と会わないだろうと思っていたクリフに再会したのは、青士が二十歳を過ぎた頃。父親の友人であるカメラマンの手伝いを始めて、ヨーロッパからNYに渡ってきた時だった。

コロンビアの大学院で美術史の勉強をしていたクリフと偶然に再会し、また親しくつき合うようになり、同時にダニエルとも再会した。ダニエルはその頃すでにグレイフォークグループの企業の役員をしていた。若いながらも卓越した能力で、実質的なオーナーであるダニエルの父親が数いる息子たちの中からダニエルを後継者に選んだという噂が流れていた。

クリフは企業に入らなくてていいのか？　という青士の質問に、自分が妾腹《しょうふく》であることを彼は告げた。正妻の子供でも、四番目の妻の忘れられた子供だといって、ダニエルでさえ最初は歓迎されなかったのである。自分などとても入れるようなところではない…とクリフは言った。

「それに向いてないだろ？　僕に経営とか経済の話とかって」

「まあね」

のんびりと美術史の研究ができたらいい…というクリフに、青士も絶対に向いていると頷いていた。

再会した時、すでにクリフとダニエルは恋人同士の関係になっていた。十年近い間に何があったのかは詳しくは聞かなかったが、青士はしばらくの間信じられなかった。それでもダニエルがクリフの部屋を訪ねてきて、二人でいるところを見れば頷かざるを得ない恋人同士が存在していたから。

「邪魔だよ。帰れば？」

青士はダニエルによくそう言われて追い出された。グレイフォーク家の本拠地はボストンであり、次第に後継者としての仕事も多くなってきていたダニエルはクリフと過ごせる時間も限られてきていて、クリフもダニエルの忙しさをいつも心配していた。

「本当に大変だから。いつか身体を壊しやしないかって心配なんだ」

「あいつは殺したって死にゃしないよ」

小さな頃には仲の悪さを隠していたものだけど、大人になってそれも必要なくなり、青士とダニエルは思う存分互いの悪口をクリフに言っていた。クリフはいつもそれを苦笑しながら聞いて、互いを窘めていた。

「二人とも気は合うはずなんだから。もっと仲よくしたらいいのに」

「はあ？　気が合う？　どこが。こんなヤツと」

「それは私の方の台詞だ。クリフ。誤解してるよ」

「そうかな。喧嘩するほど仲がいいって言うけどね」

笑うクリフの存在がなかったら、到底口をきかなかったし、一緒にもいなかっただろう。けれど、そんなふうに過ごす時間の積み重ねが青士とダニエルを確実に近づけていたのだ。


青士がクリフと最後に会ったのは冬の匂いも抜け、春さえも過ぎ去ろうとしていたNYだった。

「信じられるか？　俺、信じて…いやあのバカの言うことを信じた俺の方がバカなんだろうけど、行ったんだぜ？　そしたら一日前だったたんだよ」

「ダニエルが間違えたんじゃないのか？」

「あいつが間違えるわけないだろ？　わざとだよ。絶対」

怒りまくって言う青士を、クリフは雑誌で顔を隠しながら見ていた。普段から無表情であまり感情を表さない青士であるが、ことダニエルに関すると俄然《がぜん》顔色を変えて怒るのだ。ダニエルが青士が怒るほどのことをしでかすから…といったわけもあるのだが。

青士が怒っているのは先週、三人で食事をした際、クリフが席を外している時にダニエルが彼に耳打ちした内容についてだ。

カメラマンの元で居候をしている青士は、時折ゴシップ記事の写真を撮《と》って小遣い稼ぎをしていた。そんな事情を知っていて、ダニエルは「実は秘密なんだが…」と切り出した。巨額横領の中心人物としてマスコミから追われているある人物が来週うちの系列のゴルフ場に現れる。そう囁かれて、青士はダニエルの話だからと少しは疑ったものの、絶対に売れるネタだからと張り込んだ。

「全然来なくて調べてみれば、その前日に来てたんだ」

「だから…ほら、ダニエルも忙しいから…」

「いや。嘘《うそ》だ。あん時、あんたが俺と映画に行ったのが気に入らなかったんだ。自分が仕事で遅れたせいなのに」

子供の頃からダニエルの嘘や嫌がらせには慣れているはずなのに、どうしても引っかかってしまうのはダニエルが巧いのか、自分が抜けているのか。後者だとはどうしても思いたくない青士は腹立ち紛れに、足元に寄ってきた鳩を蹴《け》散らした。

　穏やかな日が降り注いでいる公園。クリフは仕方ないなあ…といった笑みを浮かべて分厚い本を抱えていた。大学院を卒業していた彼は幸運にも大学に残ることができて、研究者としての道を順調に歩み出していた。

「来週から仕事で向こうに行くんだ」

「向こう?」

「たぶん転々とするけど、シリアの方だ」

「そうか。長くなるの?　あっちはまた不安定みたいじゃないか。気をつけて」

　心配して眉をひそめるクリフに青士は頷いた。ふっといなくなるなんて得意技なのに、クリフの近くにいると必ず出かける報告をしてしまう。きっと心配してるかもしれない…そう、時々思い出すのはクリフがこんな顔をして自分を心配してくれるからだと思う。

「あの子はどうするの?」

　そう聞いてきたクリフに青士は首を傾げた。あの子…と考えても誰なのか思い浮かばなくて、不思議そうな顔をしているとクリフが苦笑して言う。

「この前、一緒に食事していた子だよ。恋人なんだろ?」

　ああ…と思い当たったように呟いてから首を振った。クリフが言っている相手はここのところ少しつき合っていた相手だった。偶然、食事をしている時にクリフが通りかかって挨拶《あいさつ》をしたことがあった。

「別に恋人とかじゃない」

「また遊びなの？」

「遊びっていうか…。別に恋人なんか特定しなくても生きていけるから」

平然と言いきって煙草を取り出す青士をクリフは見つめた。いつだって青士の周囲にはいろんな人間がいるけれど、彼は一度も恋人だと紹介してくれたことはないし、見ている限り、自分から好きになるなんて様子は一度もない。

恋人なんか特定しなくても生きていける。確かに、青士ならいつだってどこだって恋人の代わりになる人間を見つけるなんて簡単だろうけど。

「青士。自分から人を好きになるってしあわせだよ」

「そうか？」

「そうだよ。マイナスな面もあるよ。会えなくて寂しいとか嫉妬《しっと》心とか。けど、そんなのもスパイスだって思えるほどにしあわせを感じる時がある」

「そうかな。俺にはわかんねえけどな」

苦笑して煙草を口唇《くちびる》に挟む青士になんて言ったらわかってもらえるだろう。格好もよくて、なんだってできる能力があって。けれど、いつだって何かが欠けているような表情を隠して無表情でいる、この年下の友人に。

「僕はダニエルに出会えて…まあ、僕らは特殊だから会うことは決まっていたんだろうけど、こうした関係になれてしあわせだって思う」

ダニエルと聞いて、いやな記憶が甦《よみがえ》って顔を顰《しか》める青士に苦笑いを返し、クリフは続ける。

「僕たちは普段離れているけど、この世界のどこかに自分がとても好きで、相手も好きでいてくれる人間がいるって素晴らしいよ。それだけで勇気を持って生きていける」

「そんな大袈裟《げさ》なモン？」

「大袈裟なんて。一人の他人と向かい合ってその人のすべてを知って、理解して許して。愛し合うってすごいことだよ」

そうか…と頷いて青士は煙草の灰を落とした。自分には到底理解できないな…と思う。とてもこの先、自分がそういう考えを持てるとは思えないし、そういう相手が現れるなんて思えなかった。

「青士が恋人だって紹介してくれる人ってどんな人だろう」

「そんなヤツ、現れないと思うけどね」

「そうかな。きっと、青士が人を好きになったらすごいと思うけどね」

「すごいってなんだよ？」

「その人しか見えなくなるんじゃない？」

いたずらな笑みを浮かべて言うクリフに、青士は肩を竦めてみせる。帰ってきたら連絡するから飯を食おう…と告げて、時計を見ながら立ち上がった。出発はあくる日でその前に済ませる仕事があり、約束の時間が迫っていた。

「青士」

ベンチから立ち上がり、行こうとした背中に声をかけられる。

「ダニエルと仲よくしてやってくれよ」

「なに？　突然」

「ううん…。あの子には君くらいしか心を許せる友人がいないから」

「俺とあいつが友人？　冗談だろ？」

「でも僕が見てる限り、ダニエルがあんなふうに話したりするのは君しかいないよ」

苦笑して言うクリフに肯定もできないままに青士は黙った。確かに、ダニエルは誰に対しても事務的なつき合いをする人間で、少しでも人間らしいつき合いを見せるのはクリフと自分しかいないだろう。たとえ、その根底に流れるものが嫌がらせで、毎回困らされているとしても。

「迷惑な話だ」

「それでも…頼むよ。ダニエルをよろしく」

笑いながら、けれど、真剣な顔で言うクリフに青士は片眉を上げて肩を竦めてみせた。

「ダニエルにはあんたがいるじゃないか」

「うん。そうだけど、友人は必要だろ？」

「ま…ね。考えておくよ」

軽い口調で言って、青士は手を上げて振り返り、クリフと別れた。

それが、最後だった。

クリフとの時間は思い出すほどに鮮烈に甦るようだと青士は思う。現在よりも二度と繰り返すことのない過去の方が、そう意識することで強烈に刻まれるのかもしれない。

現実を見れば、こうしてクリフのいない世界で自分とダニエルはまだ生きている。明るく暖かかった公園。今でもはっきりと思い出せる、クリフの細かい表情。けれど、もう彼はこの世界のどこにもいなくて、その亡骸《なきがら》だけがこの下に埋まっているのだ。そう思うと、さすがにやりきれなくて、青士は眉をひそめた。

最後にクリフからもらった言葉を思い出して、青士は白い溜め息をついた。

あの時。自分にダニエルを頼むと言ったクリフは、こうなることを予測していたのだろうか。いや。突然やってくる交通事故など予測できるはずもなく、自分だってダニエルだって明日死ぬ運命かもしれない。

長い沈黙の後、青士は微動だにせず、墓前に立ったままのダニエルを見た。

「なんで自殺しようとしたんだ？」

愚問かもしれない…と思いながらも、青士はダニエルに尋ねる。鹿島からダニエルが自殺しようとしたと聞いた時、真っ先に思ったのは「なぜ」という疑問だった。ずっと聞いてみたかった質問。

「なんでって？」

「いや…半年も経ってるから」

今さらなぜ理由を訊《たず》ねるのか…といったふうに聞き返すダニエルに、青士は少し戸惑いながら正直な気持ちを告げた。クリフが亡くなった時、ダニエルが後を追うかもしれないと、鹿島も自分も気にかけていた。けれど、半年もの間を過ごしてきて、もうダニエルは落ち着いたのだと安心していた。それが、今になってなぜ…？　という不思議に思う気持ちが青士にはあって…。

ダニエルは少し沈黙してから口を開いた。

「年末の業務が終わって…新年になって。休暇が取れたら、考えてしまって…。ダメだな。時間があるというのは。思い出すことばかりで、なぜ自分の側にクリフがいないのだろうって…この世界のどこにもクリフはいないんだって思ったら…」

淡々と話すダニエルの横顔。クリフの墓石から外されない視線。悲しげな色の瞳を見ているのが辛くて、青士は目を伏せて彼から視線を外した。

「これまでも時々…普通に生きて仕事をしている自分に耐えきれなくなって抜け出したりしてたんだけど…。時間があるとダメだ。自分が生きていて、クリフがいないというのがどうしても耐えきれなくなる」

「だから…死のうって？」

「頭では自殺なんてバカげてるってわかってる。けれど、ダメなんだ。ふっと…何もかもが…」

途中で終わってしまった言葉を不思議に思って青士がダニエルを見ると、彼の瞳から涙が流れていた。頰《ほお》を伝う涙は葬儀の時も見られなかったもの。初めて見るダニエルの涙だった。

青士は後悔した。クリフが死んで、自分も衝撃を受けて寂しいと思ったが、ダニエルの感情は自分の比ではなかったのだ。葬儀の後、満足に話すこともせずに忙しいと言って仕事に入り、ダニエルが行方不明になった時も真剣に事態を考えなかった自分は、クリフが死んだという意味を軽く考えてしまってはいなかったか。

あの時、クリフが話してくれたように、同じようにダニエルもクリフを愛していたならば。どれほどの寂寥《せきりょう》感が彼を襲っているのか想像もできない。しかも、ダニエルは正直にその気持ちを話すような性格ではないし、話せるような相手も持たないはずで。

流れ続ける涙を拭《ぬぐ》うこともせずに立ったまま墓を見つめているダニエル。青士は溜め息を小さくついて、頭を振った。

「クリフはお前を心から愛してたよ」

「…ああ」

「クリフに最後に会った時に、人を好きになれって言われたんだ。好きになるってのは素晴らしいことだからって。自分も…お前に会えて、すごくしあわせだからって」

「……」

流れる透明な涙を見つめていると、目の前にちらつくものに気づく。白い羽のような浮遊物。曇天から降ってくる真っ白い雪。

「ダニエル。お前は俺なんかより、ずっといい人間だよ。人を愛することができたんだから。ずっとマシな人間だ」

一人の人間を愛情を持って理解して、一緒に過ごして、失くした今、悲しみと痛みを持ちながら生きているダニエルは自分よりもはるかに情がある人間だ。いつもはクールで計算高く感情のひとつも見せないようなダニエルが、こうして傷んだ心を隠しもせずに立っている。そんな彼を自分はこのままにしておくのか？　救わなくてはいけないのではないか。

もう、自分しかいないのだから。

このままにしておいたら、ダニエルは遅かれ早かれクリフの元に行ってしまうだろう。彼を引き留めるのが彼にとってのしあわせなのか、考えることはできないが、少なくともヒューマニズムなんかではなく、自分はダニエルを行かせることはできない。

そう思って、青士はひとつ息を吐いた。

「だから……死ぬなよ」

簡単なようで重い言葉。青士は相当の勇気を持ってその言葉を口にした。人と関《かか》わらないように生きてきて、極力、他人を左右するような言葉を吐かなかった。自分が責任など持てる人間でないのはわかっていたし、完全に無関心でいられるほどの人間でもないとわかっていた。

けれど。

ダニエルをよろしく…そう言ったクリフは、もういないから。

青士の言葉を聞いて、ずっと墓石を見つめたままだったダニエルが、涙を拭いもせずに振り返った。白い顔に驚いたような表情をのせている。

「青士がそんなことを言うなんて…」

長いつき合いの中で、青士が慰めやその場限りの発言をしないのをよくわかっていた。だからこそ、青士の言葉の重さはちゃんとダニエルに届いた。

「お前のためじゃない。クリフのためだ」

顔を顰めて照れを隠すみたいに言う青士にダニエルが微《かす》かな笑みを見せる。

「そうか？」

「鹿島も心配してる。会社だってあるんだ。しっかりしろ」

「慰めが下手だな。青士」

呆れたような表情で言われて、青士は憮然《ぶぜん》とした顔になり「寒いから帰るぞ」と言って振り返った。ダニエルの白い顔に浮かんだ笑みを見て、青士は少し心が軽くなるのを感じた。

まだ雪が積もっていない石造りの道にブーツの音が固く響く。青士は下り坂を歩きながら懐から煙草を取り出して火をつけた。手袋をしていない手がかじかんでしまっている。降ってくる雪はだんだんと多くなってきていて、見上げる空までもが白くなっていくようだった。

「ダニエル？」

クリフの墓がある丘を降りきったところで、自分の後をついてこないダニエルに気づき、振り返ると、彼は再び墓を見つめている。いつまでいる気なんだ…と舌打ちでもしたくなった時、ダニエルが顔を上げて振り向いた。

「青士」

「なんだ？」

「また…来てくれるか？」

「は？」

ダニエルの言葉の意味がわからなくて、聞き返す青士に繰り返すように告げる。

「私がまたダメになった時、来てくれるか？」

ダニエルの顔は笑っていた。けれど、それは見たこともないほどに悲しそうな笑みで、青士はそれを否定できなかった。否定すれば、すぐにこの雪と一緒に彼も溶けてしまいそうで。

「わかった」

ぶっきらぼうに頷くと、青士は振り返って歩みを進めた。背後でカツンという足音がして、石畳の道をダニエルが降りてくるのがわかる。はあ…と吐く息は白く、咥えた煙草の煙が冷たい空気と共に身体に染みわたった。

家では鹿島が温かいスープを用意して心配げな顔と共に待っているだろう。自分が再びクリフの墓を訪れるのはいつだろうか。人はなぜ、死んでしまった人の墓を訪れるのだろう。墓を訪れても何も語りかけてはくれないし、生き返ってくれるわけでもない。ただ思い出に浸るだけならば、写真の方がいいのではないか。

そう思いながら、自分はまだ心から悲しむほどの人間を亡くしたことがないからかもしれないな…と思う。何もないとわかっていながら、墓を訪れてしまうほどに惜しむ人間がいないからだ。

暗い空を見上げて、青士はひとつ溜め息をついた。

墓場での言葉を後悔したのはそれからどれくらい経った頃だったろうか。

ダニエルが通常の業務に復帰してからもしばらく彼の家に滞在していた青士は、クリフの一周忌をダニエルが無事に乗り切れたのを見届けてから、自分の生活に戻った。NYで中途半端に放り出してしまっていた仕事はダメになってしまったけれど、新しい仕事を見つけて青士はヨーロッパに移って暮らし始めた。結局、半年近くダニエルと同居して、自分の生活を犠牲にしていたわけで。けれど、これでダニエルも普通に暮らしていけるだろうと思って安心していた。

のだが…。

『青士？』

「なんだ？　ダニエルか。久しぶりだな。元気か？」

ダニエルの家を出て、彼に最後に会ってから一年も経たない頃。仕事でギリシャにいた青士の元に突然かかってきた一本の電話。

『元気じゃない。今、タヒチの別荘にいる』

「は？　タヒチ？　休暇か？」

『待ってる』

一言を残して突然電話は切れた。ツーという発信音を流している受話器を見つめて、青士は固まっていた。待ってるという言葉はどういう意味なのか。まさか自分を待ってるって意味じゃ…。そう思って、あの時墓場で頷いてしまった自分を思い出す。

私がまたダメになった時、来てくれるか？

そう言ったダニエルに、「わかった」と了解してしまった自分。待ってると言ったダニエルは自分にタヒチまで来い…と言ってるのだ。

理解して青士は大きく溜め息をついた。まったく、こっちの都合など考えてない。まあ、相手はダニエルなのだから当然なのだが。今さらになぜ自分はあの時、ダニエルを見捨ててしまえなかったのだろう…と思ってしまう。

それでも、青士はクリフから引き受けてしまったという責任感と、たぶん自分の一言でダニエルが思いとどまったという事実に束縛され、彼の要求を飲まざるを得なかった。

グレイフォーク家所有のタヒチの別荘を調べて、丸二日がかりで行って、ダニエルの休暇につき合わされ、何も言わずにある日突然仕事に戻ったダニエルに腹を立てて自分も仕事に戻り、また一年ほど経った時、今度はセイシェルに呼び出され、突然いなくなられたのはマダガスカルだった。もう絶対に放ってやる…と決意して、次にかかってきた電話を切ったら、自ら仕事先の砂漠くんだりまでやってきて嫌がらせをして帰っていった。

青士にとっては大迷惑以外の何物でもなかったが、その月日はダニエルを徐々に戻していった。

そして。現在。

青士とダニエルは東京にいた。

冬に近づきつつある、秋の穏やかな日差しが水面をきらきらと反射させていた。河口に近い川はいつも流れを感じさせない変わらない姿を見せている。午後ののんびりとした時間帯。反対側の歩道をベビーカーを押す主婦が通り過ぎていくのが見えた。

大きな川にかかった橋の上を、背の高い二人連れが買い物袋を下げて家路に着いていた。いつものように川向こうの商店街に出かけていき、夕飯の材料などを買い込んできた帰り道。

「あ」

思い出したような声が隣りであげられて、観月《みづき》は不思議そうな顔を向ける。

「何か忘れ物ですか？」

「ああ…。今日は…十七日か？」

「そうですけど」

少し考えて頷く観月に青士は「ちょっと戻っていいか？」と商店街の方を指さした。まだ橋を渡りかけたところで、観月は快く頷いて青士に従った。日にちと買い物がどう関係するのかわからなかったが、青士についていくと、彼が訪れたのは商店街の入り口近くにある花屋だった。

「水仙はまだないよな。…その百合でいい。白いのを」

観月が知ってる限り、青士が花を買うのは初めてだった。大体が、男所帯である。花が飾られているところなど見たことはない。青士が花を買う相手としたら、一緒に暮らしている恋人…というのが一番あり得そうな線だが、つぐみが誕生日だとは観月は聞いてなかった。

「つぐみさん、誕生日でしたっけ？　確か…三月じゃ…」

「違う」

短く否定する青士の言葉を表すように、百合はプレゼントのために綺麗にラッピングされたのではなく、簡単な白い紙に包まれただけだった。それを持って、二人は花屋を後にした。観月の不思議そうな顔と一緒に。

「あれ？　お花？」

不思議そうな顔をしたのはつぐみも同じだった。彼も同じく、青士が花を買ってきたのなど見たことがない。

「どうしたの？　もらったの？」

「いや…」

つぐみが聞いても青士は言葉を濁しただけでわけは言わなかった。そのままキッチンに入り、そのへんにあった背の高いグラスに水を入れて花を差し込む。

「なに？」

観月ならわけを知ってるかも…とつぐみは訊ねたが、当の観月だってわけを知らされないままに花屋に連れていかれたのだ。青士が口を開かない以上、彼の気まぐれと思うしかない。グラスに生けられた白い花はテーブルの上に置かれた。

そのわけらしきものがつぐみと観月にわかったのは、夕方、家出中で居候しているダニエルが帰宅した時だった。

テーブルに生けてある花を見て、ダニエルは青士に「ありがとう」と言った。青士は頷いただけで何も言わなかったが、二人だけは突然生けられた花の意味がわかっている様子で、それがまた、普段の二人の仲の悪さを知っているつぐみと観月にとっては不思議だった。

「なんでしょう？　二人の記念日？」

「…浅井さんとダニエルさんでなんの記念日？」

「……初めて会った日とか？」

「………」

「…………ないですね…」

なぜだかダニエルにも青士にも深くわけを追及しにくい雰囲気があって、つぐみと観月は二人であれやこれやと想像していたのだが、食事が終わり、揃《そろ》って仕事に入るとそんなことも忘れてしまった。

「覚えてくれてるとは思わなかった」

「お前が一緒にいるんだ。忘れるわけにはいかないだろう」

つぐみと観月が仕事部屋に入り、二人になるとダニエルが笑いを浮かべて青士に言った。

十七日。クリフの命日。

「お前、いい加減に帰れよ。休暇取ってるわけじゃねえんだろ」

「青士に心配されるとはね」

心配なんかしてねえ。ただ邪魔なだけだ」

心底いやそうな顔をする青士に、ダニエルは平気な顔で続ける。

「つぐみがいるからもう私はいらないのか？」

「ふざけんな。最初からお前なんかいるか」

「青士。あの約束覚えてる？　私が呼べば来てくれるっていうの」

ダニエルの言葉に、新聞に落としていた視線を上げた。いたずらそうな笑みを見せる彼に、青士は眉間を歪めてはっきりと言った。

「言っとくがな。ありゃ、もう破棄《はき》だ。俺はずっとつぐみの側にいるから。お前の面倒はもう見ない」

「そう。だから私もここに来てるじゃないか。協力してるんだよ。これでも」

「……」

呆れた言いぐさに、青士は返す言葉もなくて新聞に目を戻した。湧《わ》いてくる苛々《いらいら》に記事に集中できなくて、目の前の男をいかにして追いやろうかとばかり考えてしまう。

そんな青士の気持ちが手に取るようにわかるから、ダニエルはますます面白くて煽《あお》りたくなる。小さな頃に出会ってから、無表情に見える中に、いろんな感情を隠している青士は自分ととても似ていると思ってきた。

「青士。つぐみのことが好き?」

「なんだ。突然」

「いや。クリフはきっとつぐみに会いたかっただろうなって思って」

青士が新聞から顔を上げてダニエルを見ると、彼は白い花を見ていた。七年前。墓で泣いていた横顔と同じに見えるその顔も、着実に年月を重ねて年を取っている。クリフの時は止まったままだけれど。

「…そうだな」

「いつも青士に恋人ができるといいって言ってた」

「俺も言われた」

「すごく喜んでくれたと思うよ」

花を見たままの横顔が微笑む。年月が完全に人の心を癒《いや》せるとは思えないが、それでも、ダニエルがクリフの死を乗り越えて歩いているのは確かだ。思わず、青士は自分に置き換えて考えてしまい、頭を振った。

つぐみと自分に同じようなことが訪れたらどうなるのか。自分はダニエルのように生を保っていられるのだろうか。

ダニエルが自殺未遂騒ぎを起こした時、青士はそれを疑問に思う気持ちが大きかった。確かにクリフを失って、彼が寂しいのはわかるがそれは死ぬほどのことではないのではないか。そう思った自分は、人を好きになったことなどない人間だったから。

「…時々……お前を尊敬する」

「なに？」

「えらいなって思うよ」

「今まで思ってなかったのか？」

「…そういう図々《ずうずう》しささえなけりゃな…」

溜め息をついて青士は新聞に顔を戻した。今はもう、あの時の、すぐにでもクリフを追っていってしまいそうなダニエルの姿はない。自分がダニエルを救ったのだとは、青士には思えなかった。ダニエルは自ら心を回復して生きてきたのだ。

そう考えると、本当に尊敬するのだが、いかんせん、この性格は一生治らないな…と青士は眉をひそめて呟いた。そんな青士を見ながら、ダニエルが微笑んで言う。

「青士は否定するかもしれないけど。世間では私たちのような関係を親友っていうのかもしれないよ」

親友。その言葉を聞いて、青士は固まって沈黙した。しばらくして彼は思いっきり首を振る。

「……。ない。それは絶対にない」

「シャイだよね。君は」

「違う！　俺はお前が嫌いなんだって」

「照れると必ず嫌いだって言うのって子供みたいだよ」

「本当に嫌いなんだ！」

　ふう…と溜め息をついて肩を竦めるダニエルに、青士が大きな声を出して否定する。まったく取り合わずに一人納得するダニエルを、本気でいやだと思うのに。いつだって、ダニエルの行動の根底には自分に対する嫌がらせしかない。こうしてわざわざ東京までやってきて、強制的に居候をしているのだって立派な嫌がらせなのだ。

「ホントに、早く出てけよ！　お前」

「ボストンのコックがまた替わってね。あまりうまくないんだ」

「そんな理由でここにいるのか？」

「まあそれだけじゃないけど」

「帰れ！　コックなんかすぐに首にしろ！　なんなら俺が首にしてやる」

　相変わらず、怒鳴る青士にまったく堪えたふうも見せずに、面白そうな表情さえ見せているダニエル。そんなしょうのない言い合いをする二人を、仕事部屋のドアから覗いてる人間がいた。

「なんか…喧嘩《けんか》してるんですけど…」

「喧嘩？　また？」

「帰れって浅井さんが叫んでます」

　空になったコーヒーカップを持って仕事部屋を出ようとしていた観月が、二人の言い合いを聞いてしまい、困った顔をつぐみに向けた。最初は心配したものだが、すでに二人のコミュニケーションなんじゃないかと観月もつぐみも密かに思っている。

つぐみは動かしていたペンを止めて顔を上げると、ふう…と溜め息をついた。

「ほんとにあの二人って仲が悪いのかいいのかわからないよねえ」

仲がいいのか、悪いのか。それは誰にもわからない謎…。

あとがき

こんにちは。谷崎泉です。四巻をお届けします。四巻…まで続いているなんて信じられませんが、本当にありがたいと皆様に足を向けて寝られない私です（笑）。

ダニエルさん、ダニエルさん、ダニエルさんといった感じの四巻。すっかり、彼に乗っ取られたような「君好き」。いかがでしたでしょうか。書き下ろしまでダニエルさん。いや〜。参りましたね〜。しかも暗いの。ごめんなさい〜。書き下ろし分をボストンで同居してた時の二人にしようって話になった時、嫌な予感はしたのですが、案の定、ダークな二人に…。救い（？）はちびっこ時代の二人でしょうか？　これで許してね！（ごまかすな！）

つぐみは相変わらずですが、なんだかいい感じになりつつあるのかな？　ゴールはもうすぐだ。頑張れ浅井！って感じですか。賑やかしオヤジ、川口氏も登場してとうとう写真集の発行も決まりましたし、これで無職男の札が外されるといいね。すっかり主夫な浅井を欲しいって人も急増中。観月くんの人気は抜けないだろうけど（笑）。

皆様に支えられている「君好き」ですが、いつもいつもお手紙をありがとうございます。今年もちゃんと楽しんで頂けるような「君好き」を書いていきますので、どうぞおつき合いくださいませね。同人誌の方は「IZUMI TANIZAKI」というサークル名で東京大阪方面のイベントに出ています。「君好き」関連の本もあるので興味のある方はどうぞ〜。

そして、お世話になりっぱなしの編集部の皆様と、こおはら様。今年も見捨てられないように頑張りますのでどうぞよろしくお願いします。ご迷惑をおかけしてばかりですみません〜。トータスもユキコさんもありがとう。感謝のチューを（いらないって？）。

最後に。二〇〇〇年初めての文庫は竹内照菜さんに。早かった九〇年代は終わってしまって、振り返れば本当に苦労も多かったけど楽しかったね。今、こうして書いていられるのもテリーのお陰なので、〇〇年代（？）もどうかよろしく。なんとかやっていけてるのはテリーがやってるって支えがあるからです（笑）。マジで（笑）。

それからそれから。つぐちゃんと浅井を心待ちにして読んでくださってる皆様に、心からの感謝を。いつまで続くのかわからないけど（笑）どうかこれからも読んでやってくださいね。

五巻は…つぐみ、実家へ帰るの巻だ！（笑）

谷崎泉

◆初出一覧◆

君が好きなのさⅦ(シャレード99年9月号)
君が好きなのさⅧ(シャレード99年11月号)
冬の火(書き下ろし)

CHARADE
BUNKO

君《きみ》が好《す》きなのさ 4

著者：谷崎《たにざき》 泉《いずみ》

印刷：堀内印刷所

製本：ナショナル製本

発行：株式会社 二見書房

〒112-8655 東京都文京区音羽1-21-11

Tel. 03-3942-2311

振替00170-4-2639

落丁・乱丁本はお取替えいたします。

定価はカバーに表示してあります。

ISBN4-576-00521-9　Printed in Japan

作品募集のお知らせ

■ 小　説 ■

シャレード文庫では皆様の小説原稿を大募集しております

【募集作品】男の子同士、男性同士の恋愛をテーマにした作品（同人誌作品可）
【応募資格】新人、商業誌デビューされている方問いません
【原稿枚数】400字詰原稿用紙250〜400枚（ワープロ原稿の場合20字×40行で印字）
【締切】随時募集中です
【採用の通知】採用、不採用いずれの場合も寸評付きで結果をご報告します。お返事には時間のかかる場合もあります。採用者には当社規定の印税をお支払いいたします
【応募要項】別紙にタイトル、本名＆ペンネーム（ふりがなをつける）、住所、電話番号、年齢、職業、投稿歴（商業誌仕事歴）、400字詰原稿換算枚数を明記して、原稿にクリップなどでとめてお送り下さい（Charade誌に書式の整った応募用紙がついています）※その他、詳細についてはCharade（奇数月29日発売）をご確認下さい

■ イラスト ■

隔月刊誌Charade、シャレード文庫ではイラストのお持ち込みも募集しております。掲載、発行予定の作品のイメージに合う方には随時イラストを依頼していきます。新人、デビュー済問いません

【応募】・小説作品のイラストとして①〜④が含まれたモノクロ1色の原稿のコピーをお送り下さい。①背景と人物が入ったもの　②人物に動きのあるもの　③人物のバストアップ　④Hシーン（①〜④の素材はCharade、シャレード文庫の作品、もしくはまったくのオリジナル。いずれも可）・別紙にご連絡先を明記のこと
【原稿サイズ】A4　※原稿の返却はいたしません。コピーをお送り下さい

宛　先　〒112-8655 東京都文京区音羽1-21-11
二見書房　シャレード編集部「小説作品募集」・「イラスト応募」係